岩 波 文 庫
30-222-2

良 寛 和 尚 歌 集

相馬御風編注

岩 波 書 店

目　次

序……七
釈義・評語……一七
解説――良寛の和歌について（鈴木健一）……一五一
解説――相馬御風と良寛（復本一郎）……一六三
良寛略年譜……一七七
相馬御風略年譜……一八三
相馬御風略年譜資料　校歌「都の西北と私」（抄）……一九三
初句索引……一九九

良寛和尚歌集

序

本書は拙著『良寛和尚詩歌集』（春陽堂発行）の訂正増補版（大正十三年十二月改版）に収録した短歌八百十数首のうちから、比較的特色の鮮やかなもの約百八十首を選んで、それに釈義と解説と多少の評語とを加えたものである。

良寛は越後の僧である。宝暦八年十二月（皇紀二四一八西暦一七五八）越後出雲崎《いずもざき》尼瀬《あませ》の旧家橘屋山本氏の長男として生れた。父は山本左門泰雄といい、母は秀子といった。左門泰雄は通称を伊織といい山本家代々の家職であった名主兼神職を勤めて居たが、夙《つと》に勤王の志あり、かつ国学俳諧に深く心を寄せ、五十一歳の時家職を次男新左衛門泰儀（後無花果苑《いちじくえん》由之《ゆうし》と号す）に譲り隠居し、以南《いなん》と号し、専ら風雅を事とした。晩年家を出で俳諧を以て諸国に行脚し寛政七年七月二十五日京都の桂川に身を投じて死んだと云われている。享年六十。母秀子は天明三年四月、四十九歳で世を去った。

良寛は幼名を栄蔵といい、字を曲《まがり》といった。性、愚直、寡言、少時より黙々として読書に耽るを常としたと云われている。成童の頃地蔵堂町大森狭川の塾に送られ漢学を学ばされた。十八歳の時一旦家職を継ぎ、名主見習役となったが、同年突如として尼瀬町曹洞宗光照寺第十一世玄乗破了《げんじょうはりょう》和尚の徒弟となり、剃髪して良寛と称し大愚と号するに至った。出家の原因及び動機については種々の口碑が伝えられているが、要するに彼の天性が実世間と相容れなかったに因ることは疑うべからざるもののようである。安永七年五月備中玉島円通寺国仙《こくせん》和尚が越後に来り光照寺に滞錫して居た間に、良寛は深くその人の感化を受け、その徳風を敬慕するあまり、ついに随行して玉島に赴き、親しくその人に師事することとなった。その時良寛は二十二歳であった。国仙和尚の賛に曰く

良也如愚道転寛　　良也《や》愚の如《ごと》く道転《うた》た寛《ひろ》し
騰々任運得誰看　　騰々任運《とうとうにんうん》誰を得て看《み》しめん
為附山形爛藤杖　　為に附す山形爛藤《さんぎょうらんとう》の杖
到処壁間午睡閑　　到る処《ところ》壁間に午睡閑《ごすいのびや》かなり

これによってもほぼその当時における良寛の性行が如何なるものであったかが窺われる。居る事七年母の喪に遭い追善の為め一旦帰郷し、再び玉島に赴き、更に居ること五年の後、中国四国九州の諸方に行脚し、三たび玉島に居る事数年にして父の訃に接し、京都に出で高野に上り伊勢に詣でなどして最後に北陸道に出て帰国した。その年代は確実でないが、おそらくそれは以南が水死した寛政七年から一、二年の間即ち良寛の四十歳から四十一、二歳の間のことであったろう。帰国後の良寛は、しかし、自分の生地である出雲崎には居なかった。あるいは郷本に、あるいは中山に、あるいは寺泊《てらどまり》観音堂側に、あるいは国上《くがみ》本覚院にという風に、あちこちの空庵もしくばよるべを求めて転々仮住していたらしい。彼が兎も角もここが自分の庵だというような気持で落ち着いて住むことの出来たのは、かの国上山《くがみやま》の中腹にあった五合庵《ごごうあん》に入ってからである。彼はそこに四十五、六歳の頃から六十歳まで住んでいたが、六十一歳の時に老衰の結果薪水《しんすい》の労に堪えられなくなったので山を下って山麓国上村乙子《おとご》神社《じんじゃ》境内の草庵に移り住んだ。そしてそこに居ること十一年、七十歳の年に三島郡島崎村能登木《き》村元《むらもと》右《え》衛門《もん》の裏屋に移ってそこに寄寓し供養を受けることになった。かくて天保元年秋の末頃から病に臥し、翌二年正月六日寂然往生を遂げた。行年七十五歳、墓は同村隆泉寺《りゅうせんじ》境内木村氏墓地内にある。

良寛は生涯寺というものを持たずに、無一物托鉢の生活を以て終始した。彼はまた説法とか説教とかいった風なこともしなかった。彼は純然たる一個の乞食僧であった。しかも、彼はいたるところ如何なる種類の人とも打ちとけて談笑し交歓した。いかなる豪家の旦那様とも膝を交えて談じた。いかなるむさくるしい乞食とも手をとって語った。老幼男女の別をとわず、貴賤貧富の差をいわず、誰でも友達となることが出来た。ならず者でも、たわれ女でも、彼は安んじて交ることを得た。わけても彼は子供が好きであった。いたるところの路傍、いたるところの街頭で、彼は群童の中に交って嬉戯した。かくして彼は理を談じ、道を説き、法を勧めるというようなことはしなかった代りに、いたるところ、またいかなる人の胸にも、常に春風のごとき和らぎをもたらした。そしてその薫化は彼の死後百年に近い今日なお、生前の托鉢して歩いていた地方にいみじくも遺されている。そしてその土地の人々から「良寛さま、良寛さま」といって今日なお慕い敬い懐かしまれている。

良寛の歌の多くはそうした彼の生活のおのずからなる表現であった。彼はいつ誰について歌を学んだということもなかった。また彼はいつ頃から歌を詠みはじめたか――それもわかっていない。更に彼はその当時の歌壇というようなものとは、何等の関係も持っていなかった。良寛が盛に歌を詠んでいた時代は、本居宣長《もとおりのりなが》一派、加藤千蔭《かとうちかげ》一派、小沢蘆庵《おざわろあん》一派などの全盛期を経て、香川景樹《かがわかげき》が天下の歌壇を風靡するの勢を示していた時代であった。しかし、良寛はそうした天下の形勢などには寸毫の関係もなかった。そして「俺の嫌いなものが三つある、一つは書家の書、一つは詩人の詩と歌人の歌、一つは料理人の料理。」などと口癖のように云いながら、平気で自分だけの歌を詠んでいた。そうした彼にもこれこそはと思って常に打込んでいた歌集がただ一つあった。それは「万葉集」である。解良栄重《けらよししげ》という人の手記に、ある時良寛に向って歌を学ぶには何の書を読んだらよかろうとたずねると、良寛は言下にそれは「万葉集」があるだけだ、「古今集」はまだいくらかいいが古今以下不堪読《よむにたえず》と答えたという事が書いてある。この一語よく良寛の作歌上の修行の如何なるものであったかを語っている。

良寛が真剣に「万葉集」を読んだのは、彼の国上山の五合庵《ごごうあん》在住時代である。そして彼の読んでいたそれは、「文化版万葉集」と千蔭の「万葉集略解」とであった。更にまた今日伝っている良寛の歌の中の半ば以上を占めているのも、その所謂《いわゆる》五合庵時代の詠出にかかるものである。そしてそれは良寛の四十五、六歳の頃から六十歳頃までの十数年間である。

ところでその五合庵という庵だが、それは越後西蒲原の国上山という山の中腹にあった小庵である。国上山は弥彦角田《やひこかくだ》の二山と並んで謂うところの越後平野のただ中に巍然《ぎぜん》として聳ゆる孤円の秀峰で、その半腹に建てられた国上寺《こくじょうじ》阿弥陀堂の由緒や、酒顚童子《しゅてんどうじ》の伝説や謡曲の小袖曽我《こそでそが》などによって昔から名高い山である。五合庵はこの国上山の中腹に建てられた国上寺へ通ずる西坂の中段にある小さな庵であった。貞享元年万元阿闍梨の為に建てられたものであって、良寛がそこへ住むことになったのは、その年の正月前住《ぜんじゅう》義苗和尚が歿したからであった。その頃はもう建てられてから百年以上たっていたのだから、いかに修理が加えられたにしても、その廃頽の有様は尋常でなかったにちがいない。そうした荒れ果てた山中の草庵に、良寛は十数年も孤独な閑寂な生活を営んでいたのであった。殊に雪の深くつもるながいながい冬の間のその山上の小庵における彼の生活の寂寥と不便とはいかばかりであったか想像にもあまりあるほどである。彼の歌を味うもこの一事を念頭に置くと一段と味いが深められると思う。

良寛にはまた自身で書き集めた完全な詩稿や詠草はなかった。歌の方では今日までに私の見たところでは、島崎村木村氏所蔵の二巻と安田《やすだ》靫彦《ゆきひこ》氏所蔵の『布留散東《ふるさと》』と題された一巻とだけである。今日私達が斯くまで多くの彼の詩歌に接し得るのは、歌の方では林甕雄、貞心尼、村山半牧、玉木礼吉等の古人、小林次郎氏、大宮季長氏、西郡久吾氏等の今人の一方ならざる熱心と努力とによってなされた蒐集のおかげである。

なお良寛の人となりについて、また彼の芸術についての私見を取りまとめてここに述べるべきであるがそれは既に拙著『大愚良寛』及び『良寛和尚詩歌集』『同遺墨集』(以上いずれも春陽堂発行)等においてかなり詳しく述べたことであるから、本書をお読みくださる方はまたそれらをも併せ読んでいただきたい。ただここで一言言い添えて置きたいのは、良寛の歌には題詠が一首もなかった事である。これはあの時代の歌人としては全く驚くべき異色であった。良寛に題詠のなかったということは、云いかえれば良寛は実感を外にしては歌を詠まなかったということになる。良寛の歌の生命ある所以《ゆえん》の第一は、何といってもこのことである。彼の歌は悉く《ことごと》彼自身の個的経験を透して歌われたものであった。そこに普遍的感情が表現されているにしても、それは決してその普遍的感情を抽象的に歌ったものでなくして、切実なる彼自身の個的経験なり印象なりを通しておのずから現わされているのである。そこが彼の歌が時に拙であり凡であっても、常に生きている所以である。

良寛の歌にはたしかに一味の幼さがある。しかし、その幼さはむしろ尊い幼さである。純真と、素朴とこそ、良寛の歌の最も貴い特色である。良寛は何のこだわりもなく自由に、純真に歌った。しかも、その自由と純真とをして、よく高古たらしめ、荘重たらしめ得たのには、「万葉集」の影響が与って力あった。彼の歌の調のすぐれた点に心ひかれる者は、この一事を見のがしてはならぬとおもう。

良寛は歌ばかりでなく、詩においても、書においても高くすぐれていた。良寛の歌を味う人は、更に彼の詩も書も併せ味っていただきたい。同じく良寛の歌を味うにも、彼自身の筆蹟によってこれを味うと、不思議にそこに一層の豊かさが加って来る。これは良寛の書の驚くべき特色の一つである。良寛の書ほど表現的な書は古来極めて少いであろう。

最後に良寛の生活及び芸術を研究する上に最も重要な文献四、五を挙げて置く。

○西郡久吾氏著『沙門良寛全伝』(目黒書店発行)○斎藤茂吉氏著『短歌私鈔』(春陽堂発行)

○玉木礼吉氏編『良寛全集』（良寛会発行）○池田雨江氏著『真人良寛』（新潟万松堂発行）○相馬御風著『良寛和尚詩歌集』『大愚良寛』『和尚遺墨集』（春陽堂発行）

なお本書を草するに当って前記西郡、斎藤二氏の著書、並に雑誌「覇王樹」に連載されつつある諸氏の「良寛短歌輪講」によって、格別の啓発に預った。ここに感謝の意を表する次第である。

大正十三年十二月九日夕

相馬御風

釈義・評語

むらぎもの心は和ぎぬながき日にこれのみそのゝ林を見れば

【語義】「むらぎもの」は「心」の枕詞。○「和ぎぬ」は「なぎぬ」と訓《よ》む、即ち「やわらぐ」「おちつく」「なごむ」などと同意。

【評言】春の日永の長閑さを詠んだのであるが、「これのみそのゝ林を見れば」という下句で全体が引きしめられている。上三句ののんびりとした調子がこの下二句によって生かされているところは注意すべきである。「林を見れば」は何でもないような表現に見えるが、しかしなかなか吾々には出ない句である。単に「林」と云ってある以上、そこには花の咲き盛った梅の木もあったろう、まだ蕾のふくらみかけたばかりの桃の木もあったろう、松や杉のような常盤木もあったろう、またそろそろ新芽をふき初めた落葉樹もあったであろう。そうしたさまざまな樹木がそれぞれ春の風情を見せて居る林――それを引きくるめて眺めているところにこの歌の心が一層豊かに感じられる。「これのみその〻林」と単純に云ってのけたところに、却って心の豊かさが現わされているのである。なお良寛にはこれに似た歌で「むらぎもの心たのしも春の日に鳥のむらがりあそぶを見れば」という一首もある。これも私のたまらなく好きな歌である。

足引のこの山里の夕月夜ほのかに見るは梅の花かも

【語義】「足引の」は「山里」の「山」にかかる枕詞。◯「ほのかに」は「ほんのりと」。

【評言】この歌は「春の歌とて定珍《さだよし》と同くよめる」と詞書のある九首中の一首である。阿部定珍は良寛の最も親しかった詞友の一人である。良寛にはこの定珍と共によんだ歌がかなり多い。「足引のこの山里の夕月夜」という上三句を「ほのかに見るは」と受けているところに、おのずと読者の心がその心境へ引き入れられてゆく。「ほのかに見ゆる白梅の花」などと受働的に云わないで「ほのかに見るは」と発動的に捉えて、更に「梅の花かも」と軽く投げ出しているところにたまらない妙味がある。

うぐひすの声をきゝつるあしたより春の心になりにけるかも

【大意】　自然界の春はいつ来たか、またいつ来るのか知らないが、わしは鶯の声を聞いた朝から春の心になったわい。

【評言】　これは一寸読んだだけでは平凡で何の妙味もないように思われるかも知れぬが、よく誦み味い、繰り返し誦み味って見ると、不思議な魅力を感じさせられる。純情の力である。しらべの力である。この歌でも前の歌におけるが如く「聞く」が「聞える」でないところに注意すべきである。すなおに一気に詠んでいながら、筋張ったところがない。ゆらゆらとしたのどかな心の律動が糸の如くゆらいでいる。単純素樸もここまで来なくては本物でない。

飯乞《いひこ》ふとわが来しかども春の野に菫つみつゝ時をへにけり

【語義】　「飯乞ふと」は「托鉢に」。「わが来しかども」は「自分は来たのであるが」。

【大意】現身《うつしみ》の命をつなぐ糧を求めにと托鉢に出たのではあるが、春野に咲いている菫の美しさにひかされてそれを摘みながら時を過してしまった。

【評言】良寛その人の面目が躍如としている。しかもそれをいささかの誇張も衒気もなしに淡々と歌っている。わざとらしい詠嘆の臭味などは露ほどもない。「どうだ、こうした心境はお前達にはわかるまい」と云ったような所謂禅坊主的な気取りや見せびらかしからは遥《はるか》に超越している。

この宮のもりの木《こ》したにこどもらとあそぶ春日《はるひ》はくれずともよし
かすみ立つながき春日《はるひ》に子どもらと手毬つきつゝ此の日くらしつ

【評言】二首とも語義や大意の説明を要しないほど平明な歌である。いたるところの町や村でこどもの仲間入をして遊んでいた良寛その人の面目のよく現れた歌である。表現の上から特にこの二首について注意すべき点は前の歌の「この宮」、後の歌の「此の日」における「この」の使い方である。この一つの言葉によって如何に全体が引きしめられているか、そこを参考とすべきである。因《ちなみ》に、前の歌はもと和亭の画に讃したものであるが、今となっては必ずしもそれを画讃の歌と見なくてもよいと私は思っている。

　みちのべにすみれつみつゝ鉢の子を忘れてぞ来しその鉢の子を
　みちのべにすみれつみつゝ鉢の子をわが忘るれどとる人はなし

【語義】「鉢の子」は托鉢に出る時に手に持って行く鉢で、鉄鉢、瓦鉢、木鉢等があるが、良寛のは木製のものであったらしい。
【評言】無一物の生活を送っている托鉢僧にとりては、施物を受取る為めの唯一の器であるところの鉢の子は最も大切な宝である。しかも彼はその生活上欠くべからざる器をすらも菫の花の美しさに心ひかされたあまりに路傍の草原に置き忘れて来た。前の歌の「その鉢の子を」と繰り返しているあたりにはいかにもよくそれに対する愛著の心が現われている。しかも後の歌の「とる人はなし」に至ってそれに対する一味のさびしみさえも含まれている。なおこの二首においても前に掲げた「飯乞ふと……」の歌におけると同じく聊《いささ》かも気取りや見せびらかしのないのがうれしい。

百《もも》とりの鳴く山里はいつしかも蛙のこゑとなりにけるかな

【語義】「百とり」はさまざまの鳥。○「いつしかも」の「も」は「いつしか」に添えた感嘆詞。

【評言】季節の推移はまったく「いつしかも」である。「蛙のこゑとなりにけるかな」は無理な表現のようでいて、却って自然である。蛙の声が聞えるようになったというよりも、蛙の声と変えてしまったという方が、あの飄渺とした夢のような蛙の声にふさわしい表現である。「あしびきの山田のたゐに鳴くかはづ声のはるけきこの夕べかも」というのがあるが、この「はるけき」もいかにもよく蛙の声の感じを現わしている。因にこの歌の中の「たゐ」は「田どころ」というほどの意味に用いたのであろう。

草のいほに足さしのべて小山田の山田のかはづきくがたのしさ

【語義】「草のいほ」は「草庵」で単に「庵」というに同じ。○「さしのべて」は「さし出し伸べて」の意。俗に「ふんのべて」というほどの意である。○「きくがたのしさ」は「聞くことの楽しさよ」というほどの意。○「小山田の山田の」と重ねたのは山田という語の意味を強めたに過ぎない。「小山田」の「小《を》」は意味のない発語。

【評言】結句の「きくがたのしさ」を「聞かくよろしも」と書いたのもあるが、私にはどうも「きくがたのしさ」の方が素樸の感じがあっていいように思われる。「足さしのべて」から「小山田の山田の」と続いた工合がいかにものびのびとした気持がよく現われている。単純な感情をそのまますなおに歌ってあるのだが、それでいて読む者の心をすっかりその境地へ引込んで行く。幾度も口誦んでいるとたまらなく静かないい気持になる。

この宮のみさかに見れば藤波の花のさかりになりにけるかも

【語義】「みさか」の「み」は尊ぶ意味を持った接頭語。

【評言】何等の説明も解釈も要しない単純平明な歌であるが、それでいて印象の深い余韻の豊かな歌である。たくらんだり、ひねくり廻したりしたのでは、到底これまで純な歌い方は出来ない。「この宮の」という以上、それは何とか固有の名を持った社であるに違いないが、それをことわる必要がないまでにこの歌では「この宮の」の「この」が力強く響く。それでいいのである。何となればこうした場合に特に「何々神社」とか「何某の社」とか云ったりすると、却って読者への印象が稀薄になるからである。そうかと云って単に「社」とか「宮」とかだけではまるで力がぬけてしまう。やはり「この宮の」でなくてはいけない。

皐月すぐるまでほとゝぎすの鳴かざりければ

あひつれて旅かしつらむほとゝぎす合歓のちるまで声のせざるは

【語義】「あひつれて」は「連れ立って」。〇「合歓のちるまで」は「ねむの花の散る頃まで」の意。合歓木《ねぶのき》はまた「ねぶりの木」ともいう。高さ二、三丈、細く小さい葉対生す。夜になるとその葉が両々相合いて眠るが如く見える。朝になるとまた開いてしゃんとなる。仲夏に枝の梢毎に一寸ほどの長さの細い糸を集めたような淡紅の花を開く。

【評言】この歌ではいつまでも時鳥の声のしないのは皆連れ立って旅にでも出かけたのであろうかといぶかっている心持が、「合歓のちるまで」という清新な実感味の鋭い表現によっていかに生かされているかに、興味の中心点がある。「声のせざるは」という結句の力強さにも心ひかれる。

うき雲の身にしありせば郭公《ほととぎす》しば鳴く頃はいづこに待たむ

【語義】「うき雲の身」は浮雲のように定めない身の意で、そのうちには人間の運命の定めなさも漂泊の身のあてどなさも含まれている。「しば鳴く」は「しばしば鳴く」。

【大意】この歌は良寛が最愛の弟子であった貞心《ていしん》という尼と遇った折に貞心尼が「いざさらばさきくてませよほとゝぎすしば鳴く頃は又も来て見む」といったのに答えたので「お前さんはそう云いなさるがこうした浮雲のような定めない身の上である以上、しきりに時鳥の鳴く頃にはどこでお前さんを待とうやら覚束ないものじゃ」という様な意味の歌である。

【評言】一見人生の無常を悟りぬいた人の心を歌ったようであるが、しかしよく味うと決してそうした冷たい歌ではない。一面に定めない人間の運命を達観しながらも、他面やるせない人間愛慕の情がこめられている。「そんなことを云ったって明日の事なんかあてになるもんか」というように吐き出す如く詠んだ歌では決してない。

秋萩の咲くをとほみと夏草の露をわけわけ訪ひし君はも

【語義】「とほみ」の「み」は「の故に」の「み」で「とほみと」は「とおいからとて」である。○「わけわけ」は「わけながら」。○「君はも」の「も」は感嘆詞。

【大意】秋萩の咲く頃になったらまた来ましょうと云っていたのに、それが待ち遠いからといって、こうして夏草の露のしげき中をわけながら訪ねて来てくれたこの人はまあ何というられしいなつかしい人だろう！

【評言】この歌は前に掲げた「うき雲の身にしありせば……」と同時に良寛が「秋萩の花さく頃は来て見ませいのちまたくは共にかささむ」と詠んで貞心尼に与えたのを貞心尼が覚えて居て、その次に訪問した際に「秋萩の花さく頃を待ちとほみ夏草わけて又も来にけり」という一首を和尚に示したのに答えて詠んだものである。ところでこの歌の第四句が「露にぬれつゝ」になっている本もあるが、やはり「わけわけ」の方がいい。「うき雲の身にしあ

良寛は決して所謂枯木寒巌式に悟りすました坊さんではなかった。

りせば……」という風な一面があったと同時に、「秋萩の花さく頃は来て見ませ……」というような愛着心をも直に歌わずには居られなかった。そうした人間味——しかも聊かも諂うところの「なま臭味」を持たない醇乎たる人間味のままであの境地に住し得たところに良寛独得の面目があり、良寛の歌のいいところもあるのである。

五月雨のはれまにいでゝながむれば青田すゞしくなりにけるかも

【大意】 幾日となく降りつづいていた雨の為に閉じこめられて、久しく里へも出ずにいた。老杉の群立つ暗い森かげの孤庵に、昼となく夜となくただ独り雨の音のみ聴き暮していた幾日かのいかにわびしかったことよ。

【評言】 「青田すゞしくなりにけるかも」と云う単純な表現は、何という純真な驚きと歓びの叫びであろう。「いでゝながむれば」もよくきいている。いかにも「いでゝながむれば」こそである。「いでゝ」がいのちである。「いでゝ」はしかし田圃中へ出て見たの意ではなかろう。「庵を出て眺めて見ると」ぐらいの意であろう。この歌の下句を「青田すゞしく風渡るなり」とした良寛自身の墨跡もあるが、私はどうも「なりにけるかも」の方が快くうけいれられる。

夏くさはこゝろのまゝにしげりけりわれいほりせむこれのいほりに

【語義】「こゝろのまゝに」は「自由に」である。「いほりせむ」は「居を定めよう」というほどの意。

【評言】夏草の自由にのびのびと繁っている空庵を見出して、何よりもその夏草の心のままに繁っている自然の趣に心をひかれ、ここに一つ自分の居を定めて見ようという風に感じ入っている心持には、良寛その人の全体としての気分がよく現れているように思われる。「夏くさは……しげりけり」「われいほりせむ」「これのいほりに」――全体をこう三段にわけて見て、その三段の配置の如何に自然であって、しかも如何に効果多きかを味って見ると、今更の如く技巧の自然さということの貴さが思わせられる。「こゝろのまゝにしげりけり」などという単純であってしかも含蓄の豊かな表現はたしかに良寛独特のものである。

足引の山田のをぢが日めもすにいゆきかへらひ水はこぶ見ゆ

【語義】「足引の」は「山」の枕詞。「をぢ」は「翁」。「日めもすに」は「日ねもすに」と同じく「終日」の意。「いゆき」の「い」は意味のない発語。「かへらひ」は「かへり」で、「いゆきかへらひ」は「行ったり来たりして」の意。

【大意】夏の日照り続きで山田の水が涸れてしまったので、せつなさのあまり田守りの爺さんがこの炎天にしかもあの足場の悪い山路を朝から晩までせっせと水を運んで居るのが見える。

【評言】これは一見写生の歌のようであるが、しかしそうした光景を眺めている作者の同情がおのずから一首のうちに漲っている。徒《いたず》らに感傷的な表現をしなかったところに、却って複雑な心のはたらきが味われるのである。

この頃は早苗とるらしわが庵はかたを絵にかき手向こそすれ

【語義】「早苗」は苗代から田に移植する頃の稲苗の称。即ち「早苗とるらし」は「稲の苗を苗代からとって田に移しているのだろう」の意。○「かた」は「形」で、この場合ではその「様子」の意。○「手向」は「供え物をする」。

【大意】この頃はどこでも田植をしているであろう、そう思って自分の庵ではその農人労作の有様を絵にかいてそれを神仏同様に思い供え物をして拝んでいる。

【評言】有りのままに事を叙しているのであるが、そのうちにもおのずから良寛その人の貴い心が現われている。農人の労作に対するさまざまの思いやりや、またそれについて自ら省みた上のさまざまの感情を少しも叙べずに淡々として事を叙している。そこには聊かの思わせぶりも、誇示もない。そのありのままが却って深い感動を与える。しかも「手向こそすれ」の「こそすれ」などの力強さには撲たれずには居られない。「かたを絵にかき」なども容易に出て来ない表現である。

をちかたゆしきりにかひのをとすなりこよひのあめにせきくえなむか

【語義】「をちかた」は「遠方」。○「ゆ」は「より」「から」。○「かひ」は昔時田舎で何か変った事でもあるとそれを普《あまね》く知らす為めに吹き鳴らした法螺《ほら》の貝を指したのであろう。○「せき」は川の堰で、水を防ぎ止める為めの設け。○「くえなむか」は「破れるのであろうか」。

【大意】人里離れた山中の草庵の夜、独り静かに心を澄ましていると、烈しく降りしきる雨の音の底にどこか遠くで頻りに法螺貝を吹き鳴らす音が聞える、この雨にどこかの川の堰が破れるのではなかろうか。

【評言】これも前の歌と同じく農人の身の上を思いやった歌であるが、この歌には更に環境の感じがよく現わされている。豪雨の夜の物凄さを歌っただけの歌として見ても印象が深い。上句で一旦切れて、下句で新たに主観を喚び起して来た点なども注意に値する。

里べには笛や太鼓の音すなりみ山はさはに松の音しつ

【語義】「さはに」は「おほく」「あまた」と同じであるが、ここでは「さかんに」というほどの意。

【評言】これは盂蘭盆《うらぼん》の頃、しかも夜詠まれた歌であろう。笛や太鼓の音は、おそらく盆踊りのそれであろう。私はかつて新暦の八月下旬に数日間毎夜良寛和尚の住んでいたかの越後国上山の麓にひらけた平野の間を歩いたことがあった。そして毎夜あちこちの村で鳴り響く盆踊りの笛や太鼓の音を聞いたことがあった。月下の平野はいたるところ稲がふさふさと穂を垂れ、その上に露が緑色に光って居た。遠くを見渡すと、平野はまるで海のように見えた。ところどころに黒く見える村々の木立は、さながら浮島のようであった。そうした夢のような月夜の平野の光景をおもい浮べながらこの歌を読むと、そうした遥かあなたの人里の歓楽のどよもしを聴きながら、あの寂しい山中の草庵に孤坐していた人の心が、胸にしみ込んでくるような気がする。この歌、表現の仕方においては前に掲げた「をちかたゆしきりにかひのをとすなり……」の歌と殆んど同巧のように見えるが、しかし「み山はさはに松の音しつ」の下句の為めに全然異った心境が開かれている。「さはに松の音しつ」の表現は、まったく至妙である。「此句は甚だ簡潔であって然も無量の心を蔵している」とかつて斎藤茂吉氏も讃嘆したが、私も同感である。

かぜはきよし月はさやけしいざともにをどり明さむ老のなごりに

いざうたへわれたち舞はむぬば玉の今宵の月にいねらるべしや

【語義】「さやけし」は「あきらけし」。○「なごりに」は「心残りに」若くは「残り惜しさに」。○「ぬば玉の」は夜の枕詞で「今宵」にかかるもの。○「いねらるべしや」は「ねられようか」。

【評言】誰か心の合った友人と酒でも飲みながら折から聞えて来る盆踊の太鼓の音や唄の声にそそられて感興のあまり相手の友人に詠み与えたのでもあろう。この二種の調子には珍らしく潑溂たる生気が動いている。「かぜはきよし月はさやけし」の如き、「いざうたへわれたち舞はむ」の如き、「いねらるべしや」の如き、いかにもいきいきとした気持の溢れ出た句法である。良寛のたましいは静寂の境に安住していたが、良寛その人はあらゆる人、なべてのものと共に遊んだ。子どもらと共に戯れ、村人と共に踊り、時にはうかれ女を相手にはじきを遊びすらもした。彼はいかなる豪族の旦那様とも膝を交えて語ったと共に、いかなる悪党やならず者とも打ちとけて酒を飲むことが出来た。そしていたるところ、いかなる種類の人々の間にも常に春風の如きやわらぎをもたらした。しかも彼みずからは何人によっても傷つけられず、何人によっても汚されず、何人によってもゆがめられず、常に幼な児の如く純真で、岩間の清水の如く清く澄んでいた。

わが待ちし秋はきぬらしこのゆふべ草むらごとに虫の声する

【語義】「きぬらし」は「来たと見える」。

【評言】平凡な歌のようで、しかもしみじみと胸にしみ入る力を持った歌である。「秋来ぬと目にはさやかに見えねども風の音にぞ驚かれぬる」などに比べると遥かに実感味の切実さがある。「このゆふべ」がよく利いている。ふと虫の音に心をとめた刹那の心の動きが「このゆふべ」の一句でピタリと捉えられている。「このゆふべ」のおかげで「きぬらし」も活きているのである。「わが待ちし」「草むらごとに」などの表現も吾々では容易に出ない言葉である。

秋もやゝうらさびしくぞなりにける小笹に雨のそゝぐをきけば

【語義】「うらさびしく」は「心、淋し」。○「小笹」の「小」は意味のない発語で単に

「笹」というに同じ。

【評言】「秋もやゝ」の「やゝ」がよく利いている。下句の調子にもたるみがない。「きけば」も少しも説明に堕していない。じっと聴き入っている雨の音を受けているものが笹であるところに動かし難い実感味がある。微かな音のようであるが天地を引き入れてゆくように感じられる。本当の孤独に住したものにでなければ、聴きとれないような微妙な自然の音楽である。「秋もやゝうらさびしくぞなりにける」――そこから更に果しも知れない広大なたましいの世界がひろがっている。決して単なる咏嘆などではない。

飯乞《いひこ》ふとわれ来にけらし此の園の萩のさかりに逢ひにけるかも

【語義】「来にけらし」は「来たのらしい」または「来たのであろう」。

【大意】俺は今丁度うまくこの園の萩の花ざかりに逢った、これはまあ何という美しさだ、何というううれしいことだ、それにしても俺はここへ物を貰いに来たのらしいがなあ。

【評言】「われ来にけらし」は力強い表現である。「飯乞ふとわが来しかども」とか、「飯乞ふとわが来て見れば」とか、「飯乞ふとわが来し君が」など云ったのでは何の妙味もない。「来にけらし」だからいいのである。一切を忘れ果てて萩の花の美に吸い込まれた歓びを歌ったところに心を惹かれる。生活の糧を求めて来たことすらも打ち忘れてひたすら自然の美に見とれた、その瞬間の心を捉えたところに動かされる。

飯乞ふとわれこのやどに過ぎしかば萩のさかりに逢ひにけらしも

という歌もあるが、いずれにしても「けらし」は発せずに居られなかった言葉であったと見える。一が他をなおした結果であるとは思えない。自分にもその折の心もちはどちらがどうかわからなかったのであろう。そこが却って私達には面白く感じられる。即ち彼は前の歌のようにも感じたと同時に、更にまた「うまくこの家の萩の花盛りに逢い得たものだ、これはまあ何という仕合だ、これというのも俺がこうして物を貰おうとしてこの家の前を通りかかったから丁度うまく萩の花盛りに逢うことが出来たのかも知れないよ」こうも感じた。そしてそのいずれの感じ方をも彼は捨て得ないでそのままいずれをも歌にした。それがまた一層私達には興味深く感じられるのである。

こんなことを云うとまたろくでもない理窟をこねるといって笑われるかも知れぬが、私はこの歌からこんな事をまで考えさせられたのである。吾々は生きている。この肉体の生命をつなごうとして働いている。しかも、その生きんとする欲望の為めの働きの連続とも見るべき吾々の生活の途上において、吾々はまた多くの楽しみを与えられている。飢えて食う。食うはただ生命をつながん為めであろうが、しかもそれと同時に吾々は快い味を得ている。これは二重にありがたいことだ。だが、一体こうした吾々の生活はただ生きんとする欲望のみの然らしむるところかどうか。自分はただ生きんが為めに生きているらしい。しかも自分には時としてその生きんが為めの営みをすらも打ち忘れて美しさに見とれ、楽しさに驚かされることがある、これはまあどうしたことだ——そこまで良寛のこの歌の心を持って行こうというのではないが、私としては時にこの歌からこんなことまで考えさせられずに措かないだけは偽れない事実である。「飯乞ふとわれ来にけらし此の園の萩のさかりに逢ひにけるかも」。「飯乞ふとわれこのやどに過ぎしかば萩のさかりに逢ひにけらしも」。そのいずれがいずれとも定めがたいところに、この歌を詠んだ折の良寛その人の心持の貴さがある。

秋雨の日に〳〵降るにあしびきの山田のをぢはおくて刈るらむ

【語義】「日に〳〵」は「来る日も来る日も」または「毎日」の意。○「あしびきの」は「山」の枕詞。○「をぢ」は「老翁」。○「おくて」は「晩稲」。

【評言】　この歌も前に掲げた「足引の山田のをぢが日めもすに……」の歌と同じように農人の労苦を思いやって詠んだのである。毎年のことではあるが、越後では到るところの農村で雨の為めに晩稲《おくて》を刈り乾す日の少いのを嘆ずる人々の声を聞く。世離れた山中に孤住していた良寛にも、そうした農人たちの身の上が来る日も来る日も雨の降るにつけてしみじみ思いやられたことであろう。晴れる日を待ち得ないところから、雨の中をも厭わずに山田の晩稲を刈っている老いたる農夫の姿、それを想像に浮べながら山中の庵に秋雨の音を聴いていた孤独な老法師——この歌はそうした二重の意味で私の心を惹く。

この岡につま木こりてむ久方のしぐれの雨の降らぬまぎれに
飯乞《いひこ》ふと里にもいでずこのごろはしぐれの雨の間なくし降れば

水や汲まむたき木やこらむ菜やつまむ秋のしぐれの降らぬそのまに

【語義】「つま木」は「爪木」で即ち「爪折りたる薪木」の意。○「こりてむ」は薪をとって置こうの意。○「久方の」は「雨」の枕詞。○「まぎれに」は「間切に」で降らない間にの意。○「間なくし」の「し」は意味を強める為めに添えた語。

【評言】この歌は三首ともほとんど同巧であるが、しかも四、五句の「降らぬまぎれに」「間なくし降れば」「降らぬそのまに」の表現にわざとならぬ技巧のこまかさが窺われる。そしていずれにも良寛その人の生活状態の一端が窺われてなつかしい。

ゆふぎりにをちの里べはうづもれぬ杉立つ宿にかへるさのみち

【語義】「をち」は「遠方」。○「かへるさ」は「帰る折」。

【大意】自分は今あの杉の群っている自分の棲処へ帰ろうとして道を急いでいる、遠くを見ると村々はもうすっかり夕霧の底に蔽いかくされた。

【評言】これも秋の歌であろう。「杉立つ宿」でさびしみが一層深められている。良寛の住んでいた国上山の五合庵のあたりは、もと老杉昼なお暗く茂り立っていたということである。松の林は何となく明るい感じがするが、杉の群立というと見るから暗いさびしい感じがする。そうした山上の庵へあの茫々とした平野の中の細道を一人とぼとぼと托鉢から帰って行く老法師の姿が目に見えるようだ。上の句の「ゆふぎりにをちの里べはうづもれぬ」の表現もいい。殊に「うづもれぬ」の一句で印象がきわやかに現わされている。

秋の日にひかりかゞやくすゝきの穂これの高屋にのぼりて見れば

【評言】 いかにも大きな歌だ。見ゆるかぎりただ銀色にかがやくすすきの穂で一ぱいになっているような気持のいい歌だ。「秋の日に」は一寸《ちょっと》気になるが、自然にほとばしり出ているだけに弱くない。良寛の歌にはこういう風に一気に詠み放った歌にいい歌が多くある。「ひかりかゞやく」なども自然な表現であって、しかも調子を大きくするに与《あずか》って力がある。更に「これの高屋にのぼりて見れば」にはたしかに驚きがある。すすきの穂の中を歩いて来てふと高屋にのぼって自分の今まで歩いていた地上の光景を見下し渡してその雄大な荘厳な美に驚かされた形である。自分がその中に居た間はさほど心にとめなかったその美に今更の如く驚かされている——そこがいいのである。これがある一定の所にとどまって居て眺めたとか、わざわざ家の内から外へ出て見たとかいうのであったら、さほど大きな感じは与えなかったであろう。「のぼりて見れば」がいかにも力強く響く。

山住みのあはれを誰にかたらましあかざこに入れかへる夕ぐれ

【語義】「あはれ」は「哀愁」。○「あかざ」は「藜」で野生の草であるが、葉や穂は食用に供せらる。○「こ」は「籠」。

【大意】自分は今あかざの葉や穂を採ってそれを籠に入れて家に持ちかえるところだ、日はもう暮れかかっている、何ということなしに山に住んでいることのあわれさがしみじみと感じられる、だがこうした哀愁を一体誰に打ち明けたものだろうか、何だかそのような人もないような気がする。

【評言】「あかざこに入れ」の句などは実感からでなくては出ないように思われるが、

全体として沁み入る力が足りないように感じられるのは、一つは下句の調子がたるんでいるからでもあろうが、それよりも三句切れの上句の調子と下句の調子とがしっくり調和していないからであろう。

玉鉾のみちまどふまでに秋萩はちりにけるかも行く人なしに

【語義】「玉鉾の」は「みち」の枕詞。○「みちまどふまでに」は「どこが道だかわからないほどに」。

【大意】どこが道やらわからないまでによくまあこんなに萩の花が散っているものだ、通る人がないのだな。

【評言】落花の歌などには昔からよくこんな風に歌った歌がある。しかし、この歌で吾々の参考とすべきは第二句の字余りの全体の上に及ぼしている効果や、それから第四句目の切れ方と結句との関係などである。一首の調子の上に何ともいえない快さの味われる点で私はこの歌を時々おもい出しては口にのぼして見る。

いにしへをおもへば夢か現《うつゝ》かもよるはしぐれの雨をきゝつゝ

【語義】「いにしへ」はここでは自分の過去の生活の意であろう。「も」は疑問の「か」に添えた感嘆詞。

【大意】静かに自分の過ぎ去った生涯を思って見るとそれが夢幻であったのか現実であったのかわからないような気がする、わけて秋の夜しぐれの音をききながら思いを過去に馳せて見たりすると。

【評言】上句の「夢か現か」というような表現は云わば型にはまった言葉であるが、それが下句の力ですっかり活かされている。「よるは」などは容易に出ない言い方である。

秋風になびくやまぢのすゝきの穂見つゝ来にけり君が家辺《いへべ》に

秋の夜の月のひかりのさやけさにたどりつゝ来し君がとぼそに

【語義】「さやけさに」は「あきらかなので」。○「たどりつゝ来し」は「たずね探りながら来た」。○「とぼそ」は「扉」で門口の意。

【評言】この二首はほとんど同一句法でよまれている。ただ第三句が異っているだけである。二首とも心は自然の美に吸いこまれながら、しかも人間愛慕の情にひかされてゆく心持を現している点に、懐しみを感じさせる。「すゝきの穂見つゝ来にけり」と「さやけさにたどりつゝ来し」との表現の相異は特に注意すべきである。

月よみの光をまちてかへりませ山路は栗のいがのおほきに

【語義】「月よみ」は「月」というに同じ。○「かへりませ」は「かえりたまえ」。○「いが」は刺の密生した栗の外皮の称。○「おほきに」は「おおきゆえに」。

【大意】これは良寛の庵のあった国上山の麓の渡部という村に住んでいた良寛の詞友阿部定珍が一日良寛の庵を訪ねて帰ろうとするのを引き留て良寛の詠んだ歌で、もう日が暮れかかったではありませんか、同じことなら月が出てからお帰りなった方がいいでしょう、山の道は栗のいがが沢山落ちていてあぶないからというほどの心。

【評言】たまらなく温い情愛のこもった歌である。すらすらと歌っているが、到底凡手の及びがたいところである。「栗のいがのおほきに」という実感から迸り出た句で一首が引きしめられている。相手に対するやさしい思いやりと共に、やるせない人なつかしさの情が漲っている。数多い良寛の歌の中でもこの一首の如きはその最も代表的な秀作として推奨するに躊躇しない。情を叙べていながら環境までがくっきりとえがき出されているではないか。なお良寛にはこれと同時に出来た歌に左の一首がある。

　月よみの光をまちてかへりませ君が家路は遠からなくに

この二首は「一所にして味うべき性質の歌である」と斎藤茂吉氏の云ったのには私も賛成である。ところで私達が良寛にこうした秀歌の詠めたことを感嘆するにつけても、私達は良寛の歌における「万葉集」の善き感化の如何ばかりであったかを注意せずには居られぬのである。

　月よみの光に来ませあしびきの山を隔てゝ遠からなくに

これは「万葉集」にある歌である。良寛のあの歌は「万葉集」中のこの一首が充分に彼の心に消化されていなかったら、とてもあのようには行かなかったであろう。しかし、これは決して模倣ではない。感化と模倣とは全然ちがう。良寛の歌に万葉の感化がいかに顕著であっても、良寛の歌はやはり良寛以外何人の歌でもない。

山里はうらさびしくぞなりにける木々の梢のちりゆく見れば

【語義】「うらさびしく」は「心淋しく」。○「木々の梢のちりゆく」は「木々の梢の葉の散りゆく」の意。

【評言】一見平凡きわまる歌である。しかも幾度よみ返しても飽くことを知らないなつかしい歌である。芭蕉の「枯枝に烏のとまりけり秋の暮」の句に似通うた味わいがある。上の句で切れて暫く休止して、更に下句を呼び起している具合が殊にこの歌にはふさわしい。木々の葉の散り行くというよりも「木々の梢のちりゆく」と云った方がどれだけより切実にひびくかわからない。

秋山をわが越えくれば玉鉾の道もてるまでもみぢしにけり

【語義】「玉鉾の」は「道」の枕詞。○「てるまで」は「光り映ゆるほどに」である。

【大意】　秋の山を越えて来ると自分の歩いている道が赤く色映えて見えるほどに木々の葉が美しく色づいている。

【評言】　この歌の生命は「道もてるまで」の一句にある。山の路が照り映えるほどに木々の葉が紅葉したとは、よくも現し得たものである。

秋のよもやゝ肌さむくなりにけりひとりやさびしあかしかねつも

【語義】　「あかしかねつも」は「明かしかねるわい」で夜の長さに堪え得ないほどだというほどの意。

【評言】　「秋のよもやゝ肌さむくなりにけり」と切り、「ひとりやさびし」と切り、更に「あかしかねつも」と結んでいる——そこに心の動き方の自然の順序が切実に現わされている。「やゝ肌さむく」はよく利いている。「ひとりやさびし」の「や」は更によく利いている。作者は自ら好んで孤独幽寂に住している人である。しかも長き秋の夜のわびしさに堪え難いこともなしには居られなかった。いかにも「ひとりやさびし」である。

このゆふべねざめてきけばさをしかの声のかぎりをふりたてゝ鳴く

【評言】 鹿を詠んだ歌は古来ほとんど無数にある。良寛にもかなり多くある。その中でも特にこの一首の心を惹く所以は「声のかぎりをふりたてゝ鳴く」の二句ある為めである。「ありったけの声を出して鳴く」――その表現のうちにはおのずから哀切の情がこめられている。しかもそうらしく感じられたというのでなくて、そう思い込んで聴いた、そこが一層おもく感じられるのである。「このゆふべ」という第一句も適切である。

みどりなる一つわか葉と春は見し秋はいろ〳〵にもみぢけるかも

【語義】 「一つ」は「同じ」。

【大意】 春はどの木の葉も同じ色の若葉のように自分は見たが秋になって見るとそれぞれの木が皆それぞれ異った色に紅葉しているわい。

【評言】 陳腐平凡な観念的な歌であるが、「一つわか葉と春は見し」といい、「秋はいろ〳〵にもみぢけるかも」いう句法は参考になる。

秋さらばたづねて来ませわがいほをのへの鹿の声きゝがてに
十日あまりはやくありせばあしびきの山のもみぢをみせましものを
わが宿をたづねてきませあしびきの山のもみぢを手折りがてらに

【語義】「秋さらば」は「秋になったら」。○「きゝがてに」は「ききがてらに」。
【評言】この三首は三首とも坐談平語そのままを歌にしたものであるが、こうした平凡な歌にもさすがに言葉をゆるがせに使っていないところは味うべきである。

露おきぬ山路はさむし立ち酒をしてかへらむけだしいかゞあらむ

【語義】「立ち酒」は客が帰ろうとする時、その立ち際に出して飲ます酒のことで越後地方の方言である。この地方では客が訪ねて来るとすぐに「おつきの酒」と云って先ず酒を出す、それから帰ろうとする時にも「お立ちの酒」と云って酒を出す、それが古来のならわしとなっているのである。〇「をして」は「食して」で食うにも飲むにも通ずる。〇「けだし」はもしかくもあらんかと推し量りて云う語。この場合には「そうしたらまあ」というほどの意にとって置いてよかろう。

【評言】これは作者がいずれかの家をたずねて帰ろうとする際に詠んだ歌ともとれるし、また自分のところにたずねて来た客の帰ろうとした際に客に向って詠み与えた歌ともとれる。いずれにしても打ちとけた、軽快な調子のうちに、環境の気分までが現わされている。「山路はさむし」の句と「立ち酒ををして」の句とがいかにもよく調和している。寒い感じと暖い感じとが快くもつれている。

夜もすがら草のいほりにわれをれば杉の葉しぬぎあられふるなり

【語義】「夜もすがら」は「終夜」。〇「しぬぎ」は押しわけて通るの意。

【大意】自分は夜中どこへも出ずにこの杉林の中の草庵に一人とじこもっている、するとその群立った杉の葉を通して霰の降る音がする。

【評言】これも作者の実感に即した歌であるが、「杉の葉しぬぎ」の句によって一層その印象を強くしている。

うづみ火もやゝしたしくぞなりにけりをちの山べに雪やふるらむ

【語義】「うづみ火」は炉などの灰に埋めてある火。

【大意】炉の灰にいけた火もいくらか慕わしいようになって来た、遠い山々に雪でも降るのだろう。

【評言】平淡過ぎるほど平淡な歌である。しかし忘れがたい歌である。殊に私達のように雪国に住む者にとりて「遠山にもう雪が来たと見える」という嘆声は、毎年のことではあるがたまらなくしみじみと感じられる。上句の「やゝ」がいかにもよく利いている。「そろそろ火が恋しうなって来たわい」——こうした言葉は先ず以て老人の口から洩れる。その頃のしみじみとした感じがよくこの歌に出ている。「うづみ火もやゝしたしくぞなりにけり」とこう感じて、さて「をちの山べに雪やふるらむ」と応じているのも極めて自然である。

草のいほにねざめてきけばあしびきの岩根におつる滝つせの音

【評言】 山中の夜半に滝の音を聴くというような歌は古来いくらもあるが、この歌は「草のいほにねざめてきけば」という上句が作者自身の生活に即した表現である為めに、一首全体が切実にひびくのである。総じて良寛の歌は悉く彼自身の生活に即した実感から流れ出ている点に古来の多くの名手の中にまじって異彩を放っている所以が存するのである。

いまよりはつぎて白ゆきつもらましみちふみわけて誰かとふべき

【語義】「つぎて」は「引きつづき」。○「みちふみわけて」は野も山も谷も道も悉く埋めつくした白雪を踏みわけ道をつけての意である。○「誰かとふべき」は「誰か訪ねて来よう、誰も来はすまい」の意。

【評言】 孤独の静寂味のこもった歌である。しかもその静寂孤独の境地にあってなおかつ人間に心をよせている。「いまよりは」は力のこもった句である。

白雪の日毎にふればわがいほはたづぬる人のあとさへぞなき

【大意】　毎日毎日雪が降りつづいているので自分の庵にはたずねて来る人の足跡さえもない。

【評言】　一見前の歌と同じようであるが、しかしこの歌の方はもうすっかり冬になり切って雪の中にうずもれてからの作で、その気持が一首の上にいみじくも現わされている。「いまよりは」と「日毎にふれば」、「みちふみわけて誰かとふべき」と「たづぬる人のあとさへぞなき」との表現の相異を味って見ると、そこに微妙な心持の相異が味われる。孤独感が前の歌よりも一層深められていると同時に、そこには何となくつつましくその静寂裡にこもろうとする心のおちつきさえも加わっている。

飯乞《いひこ》ふと里にもいでずなりにけり昨日も今日も雪のふれゝば

【評言】　ここまで来ると前の歌の静寂にこもっている心持が一段のつつましさを加えて

いる。現身の命の糧をすらも求めに出ずに、独りつつましく遠離の境界に安住し生の寂味に浸っているこの心持は尊い。「飯乞ふと」という第一句は良寛の歌にはかなり多くあるが、それが少しも鼻につかぬのは、この人なればこそである。孤独静寂の境地を歌っていながら、所謂枯木寒巌流な冷たさのないのも良寛の歌の最もなつかしい特色の一つである。

このゆふべいはまに滝つ音せぬはたかねのみゆきつもるなるらし

【語義】「滝つ音」は「滝の音」。○「みゆき」の「み」は美《ほ》むる意味の発語で「みゆき」は単に「雪」というに同じ。

【評言】良寛はよく「このゆふべ」とか「このあさけ」とかいう風な云い方をしているがそれがいずれもよく利いている。良寛の遺墨の中に「さよふけてたかねのみゆきつもるらしいはまにたきつ音だにもなし」と書いたのもあるが、やはり「このゆふべ……」の方が遥かにいい。おそらく「さよふけて……」の方がさきに出来て、それをあとで「このゆふべ……」に詠みなおしたのであろう。この歌も静寂な心持のよく現われたいい歌である。

のきも庭もふりうづめける雪のうちにいやめづらしき人のおとづれ

【語義】「いやめづらしき」、「いやが上にも珍らしい」または「一層めずらしい」。
【評言】深い雪にうずもれた冬籠りのわびしさのうちへ思いがけなく人の訪ねて来た歓びをさながらに歌ったのであろう。「いやめづらしき人のおとづれ」にはいかにもよくその刹那の歓びが現われているが、「ふりうづめける雪のうちに」が力のぬけた憾みがある。

み山べに冬ごもりするおいのみを誰かとはまし君ならなくに
たまさかに来ませる君をさよあらしいたくな吹きそ来ませる君に
たにのこゑみねのあらしをいとはずばかさねてたどれ杉のかげ道

【評言】 この三首詞友阿部定珍に贈った歌であるが、前の「のきも庭も……」の歌よりも、この三首の方が遥かに真情のこもり方においてまさっている。訪ねて貰った嬉しさと共に訪ねて来てくれた人に対する思いやりが涙ぐましいまでにしみじみと歌われている。こうした真情の歌は容易に出来そうに見えるが、いざとなるとなかなか出て来ないものである。吾々だと兎角何とか勿体ぶらないと自分の情を他人に伝えにくいものであるが、このように真情を率直に歌ってしかも聊も生硬なところのないのは良寛の天品によるであろうが、やはりある程度まではそれを永い間の修練の結果であると見なければならぬ。

しばの戸の冬のゆふべのさびしさをうきよの人にいかでかたらむ

【語義】 「しばの戸」は「柴にてつくれる門」であるが、ここでは人里はなれたささやかな山家というほどの意に解してもよかろう。○「いかでかたらむ」は、「どうして語ろう、語ろうにも語るすべがない」。

【評言】 この山家住居の冬の夕ぐれのさびしさを世間の人達にどんな風に語ろう、語るにも語るすべがない、全く云って見ようもないから、ただひとりその意味を味っている外はないのである。訴えもせず、嘆きもせず、捨てもせず、破りもせずに、じっと静かにその寂味を味うているところに、良寛の尊い心境が窺われるのである。この歌、「しばの戸」といい、「うきよの人」というような兎角厭味にきこえ勝ちな型に囚えられた句を平気で入れていながら、少しも厭味を感じさせないのは、やはり作者の生活気分のしからしめるところである。

古志に来てまだ古志なれぬ我なれやうたて寒さの肌にせちなる

【語義】「古志」は「越の国」、ここでは越後を指していることは云うまでもない。○「我なれや」の「や」は感動の意を含めた発声で、疑いの意の「や」ではない。○「うたて」は非常を意味する。感嘆の意をも含んでいる。○「せちなる」の「せち」は「切」で即ち痛切。「せちなる」は「ひどく身にしみることよ」というほどの意。

【評言】これこそ文字通りに良寛帰国後間もない頃の作であろう。良寛は二十二歳で越後を出て凡《およ》そ二十年間の諸国雲水の後四十二、三歳で再び郷国に帰って来たのである。

この歌をよむと俳諧寺一茶の「これがまあつひの棲処か雪五尺」の句に対すると同じように、「いかにもそうだったろう」と同情される。「うたて寒さの肌にせちなる」の表現にはおそらく聊かの誇張もなかったのであろう。こういう境涯から年一年郷土の自然と同化して行った良寛その人の晩年の生活への推移をおもうと、私などにはたまらない親しみが感じられる。かの有名な「……雪のふる日はさむくこそあれ」の古歌のように自分を特別な者として見ていないところはこの歌にはいささかもない。ありのままの歌である。だが拙いことは随分拙い。上句などは殊にたどたどしい。良寛の歌の円熟したのはその晩年で、この歌をよんだ頃はまだこの位が関の山であったらしい。

さよふけて嵐のいたう吹きたりければ

山かげの草のいほりはいとさむし柴をたきつゝ夜をあかしてむ

【語義】「あかしてむ」は「あかしていよう」、「夜をあかしてむ」は徹夜をしていようの意。

【評言】何等の形容も誇張もない有りのままの歌である。それでいてたまらなく寂しい気持が出ている。「山かげの草のいほり」は少々説明に過ぎた嫌いがないではないが、さほど苦にもならない。「いとさむし」の句は単純素朴の極致を示している。

風まぜに雪はふりけりいづくよりわがかへるさの道もなきまで

【語義】「風まぜに」は「風まじりに」。〇「いづくより」は「いずくよりか」の意。

【評言】久しぶりに托鉢にでも出た帰り道によんだのでもあろう。どこもかも白一色に降り埋めてしまう吹雪の為めに道を失ってぼんやりと行方に迷っているという気持は深味のある暗示的な気持である。しかしこの歌はあまりに淡々と歌われすぎている為めに、そうした気持までが出て居ない。一つは「雪はふりけり」の「ふりけり」が力抜けしているのもそのもとをなしているのであろう。

いかなるが苦しきものと問ふならば人をへだつる心とこたへよ

【評言】釈教歌である。良寛にもこの種の釈教歌が相当に数多くあるが、どうもこれというい歌が少い。良寛はやはりこうした理窟めいたことをいうに適しなかった人であろう。良寛と親交のあった解良栄重という人の手記にかかる『良寛禅師奇話』の中に次の一節がある。

「師余が家に信宿日を重ぬ。上下おのづから和睦し、和気家に充ち、帰り去ると雖数日のうち人自ら和す。師と語ること一たびすれば胸襟清きを覚ゆ。師更に内外の経文を説き善を勧むるにもあらず、或は厨下につきて火を焚き、或は正堂に坐禅す。其話詩文にわたらず、道義に及ばず、優游として名状すべきことなし。唯道義の人を化するのみ」

そこがやはり良寛その人の尊いところであったのであろう。良寛の釈教歌中に見るべきものの少い理由もそこにある。この歌の如きも歌としてはさほど力のあるものでもないが、世の中の苦みは人と人とをへだつる心にあると喝破した点に何となく心ひかされずにはいられないのである。

幻達婆城

ありその上に朝ごと立つ市のいよ〳〵行けばいよ〳〵消《け》にけり

【語義】「ありそみ」は荒磯海である。「幻達婆城」は仏語で蜃気楼のことだという。『仏教辞林』に「乾闥婆城《けんだつばじょう》、尋香城と訳す、竜神が空中に示現する城廓にして即ち蜃気楼なり」とある。○「立つ市」の「立つ」は虹が立つなどいうと同じく「現れる」の意で、市は市街である。

【評言】これは宇宙の真理とか人生の理想とかいうものの捉えがたき悩みを象徴的に歌ったものである。吾々は宇宙人生の究極の真理を捉えんとして日夜に修行し精進しているが、しかし考えて見るとそれは恰《あたか》も波荒き海のあなたの空に毎朝現出する蜃気楼のごときものでそれに近づこうとして行けば行くほどますますうすれ消えて行ってしまって、ついに何ものをも捕捉することが出来ないのである。この一首には実に真摯な求道者としての深い悩みがこめられている。良寛の心の奥深い一面を知る上に大切な歌である。比喩でもなく理窟でもなくたださながらに蜃気楼そのものの現象を歌っている点がこの歌を象徴的ならしめている。「いよ〳〵行けばいよ〳〵消にけり」の表現もいい。

いかにしてまことの道にかなひなむ千とせのうちの一日《ひとひ》なりとも

【語義】「かなひなむ」の「なむ」は願望の「なむ」とすると、文法上「かなはなむ」でなければならぬ。即ち合致したいのだの意。

【大意】どうかして人間としての本当の道に合致したいものだ、せめて千年のうちに一日たりとも。

【評言】ながい年月の間の苦しい修行精進によって常人の企及しがたい大悟の境地まで到入していたように見える良寛にして、なお且この自責があった。涙ぐましいまでに尊い歌である。良寛が決して所謂生悟りの好い加減な自満自足の人でなかったことがこの一首によっても窺われる。この悩み、この反省をもちながら、しかも聊も乱れず騒がなかったところに、良寛の安心の尊さがあったように思われる。座右銘として置きたい歌である。一首の歌が厳粛な心の調べを以て貫いている。良寛にはこの外に「何故に家を出でしと折ふしは心にはぢよ墨染の袖」という歌もある。

身をすてゝ世を救ふ人もますものを草のいほりにひまもとむとは

【語義】「身をすてゝ」は一身を犠牲にしての意。○「ますものを」は「いますものを」で「いるというのに」というのを更に敬意をこめて云ったのである。○「もとむとは」は「欲しと求めているのは何事ぞ」というほどの意。

【大意】世間には一身を犠牲にして天下を救おうとしていなさる人もあるというのに、徒らに草庵裡に無為の時を欲し求めているというのは何ということだ。

【評言】この一首は良寛が最愛の尼弟子貞心に贈って、ともすれば弛緩せんとする修行の心を警めた歌である。一身を犠牲にして天下を救おうとする人とは如何なる種類の人を指して云ったのかわからぬが、良寛の父以南が勤王の志を抱いて他国に放浪し、遂に京都の桂川に身を投じて死んだと伝えられている事実や、また彼の時代における天下の情勢などを察すると、この一首を詠んだ彼の心もほぼ推しはかられるような気がする。いずれにしてもこの一首は一面において弟子への警告であったと同時に、他面においてそれは彼みずからに対する自省の鞭でもあったことは疑を容れぬ。こうした歌を見ただけでも良寛が決して好い加減なのんき坊主でなかった事はわかるのである。

いざさらばわれはかへらむ君はこゝにいやすくいねよ早あすにせむ

【語義】「いざさらば」は「さあそれでは」。〇「いやすく」の「い」は意味のない発語。〇「早あすにせむ」は「もう今夜はこれだけにしてあとは明日のことにしよう」。

【評言】これも弟子貞心尼に贈った歌である。貞心尼というのは、もと越後長岡の藩士奥村某の女で、長じて同国小出の医師某に嫁したが、幾年ならずして夫に死なれたので、深く人生の無常を感じついに柏崎町洞雲寺泰禅和尚に従って剃髪を受け、後同地の不求庵に住して居たが、明治二十五年二月十日七十五歳で世を去った。貞心尼が良寛の高徳を慕うて教を乞い始めたのは、良寛の七十歳の時、彼女の二十九歳の時であった。爾後六年禅師終焉の際まで繁く往訪して教を受けた。良寛とこの若き女人貞心尼との交情の如何に清く尊く且あたたかなものであったかは、貞心尼の手録『蓮の露』に収められた二人の贈答歌によっていみじくも伝えられている。この「いざさらば……」の一首はある時与板という町の某家で二人遇って日の暮れるまでも語り合った折に、「日も暮れぬれば宿りにかへり又あすこそとはめ」とて良寛が自分の宿に帰ろうとして詠み与えたものである。この歌につづいて『蓮の露』には左の如き歌が録されている。

あくる日とく訪ひ来玉ひければ

うたやよまむ手まりやつかむ野にやいでむ君がまに〳〵なしてあそばむ　貞心

御かへし

うたもよまむ手毬もつかむ野にもいでむ心ひとつを定めかねつも　良寛

何というあどけない清い温かな交りであったろう。しかもそれは七十四歳の老法師と三十三歳の若き尼とであったのだ。

梓弓《あづさゆみ》春になりなば草のいほをとくでゝきませ逢ひたきものを

【語義】「梓弓」は「春」の枕詞。

【評言】この一首は良寛が最後の病床にあって貞心尼に贈った歌であるが、切なる情に堪えかねた心がさながら溢れ出ている。殊にその結句にはたまらなく引きつけられる。

この結句についてはかつて斎藤茂吉氏が「「逢ひたきものを」という結句は古今独歩である。予は古歌を味うに際して常に結句に注意し、自ら作歌するに際しても一番結句に焦心している。而《しか》してこの歌の結句ほど利いている、換言すれば一首に響き渡る結句は稀有である事を発見している故に、この歌を誦する毎にこの結句を涙を流して恭敬するのである。難有くも難有き結句である」とまで讃嘆している。私もそれ以上つけ加える言葉がない。

いつ〳〵と待ちにし人は来たりけり今はあひ見て何かおもはむ

【語義】「いつ〳〵と」は「いつ来るかいつ来るかと」の意。〇「何かおもはむ」は何かおもおう、何ももう思い残すことはないの意。

【評言】これは貞心尼が始めて最後の病床に横《よこた》わっていた良寛を見舞うた時、彼の喜んで詠んだ歌である。貞心尼は『蓮の露』で「かくしてしはすの末つかた俄に重らせ玉ふよし人のもとよりしらせたりければ、打おどろきて急ぎまうで見奉るに、さのみ悩ましき御けしきにもあらず、床の上に座してゐたまへるが、おのがまゐりをうれしとやおもほしけむ」と前書きが添えてある。上句にはたまらない嬉しさが満ちあふれている。「来たりたり」でその嬉しさが絶頂に達している。そして上句で一旦切れて更に下句でほっと安心した後に来る茫然に近い心の弛みがそのまま太息の如くうたわれている。心理作用のリズムがさながら一首の調子の上に現れているではないか。

神無月の頃、蓑一つ着たる人の、門に立ちて物乞ひければ、古ぎぬ脱ぎすてゝとらせぬ。其夜嵐のいと寒く吹きたりければ

いづこにか旅寝しつらむぬば玉の夜半のあらしのうたて寒きに

【語義】「神無月」は旧暦十月の称。○「ぬば玉の」は「夜」の枕詞。○「うたて」は常ならぬに云う語。「あまりに」「非常に」などの意。

【大意】あの人はどこへ行って泊ったであろう、このまあ夜更けの風の非常にさむいのに。

【評言】総じて良寛の歌には一方閑寂に徹し、現世遠離に沈潜した静かな安らかなたましいの表現によって、乱れ易く迷い易い私達の心に尊い静めと浄めとを与えてくれる作

が多いと共に、更に一方にはそうした清い静かなたましいから湧き出た純真な人間愛の表現によって、濁り易く荒《すさ》みやすい私達の人間性に、尊い浄めと静めとを与えてくれる作が多いのである。この歌の如きはその後者の代表的な一首である。良寛の生活は文字通りに無一物の生活であった。一生涯寺院など持たずにあちこちの空庵を求めて、そこを居場所として托鉢の生活をつづけていた。しかも、そうした貧しい彼の庵へすらも物乞いに来るような人があったのである。けれども、和尚には与うべき何一つの余裕もなかった。それにも拘らず、彼はそのあわれな人をそのまま通り過ぎさせるに堪えなかった。「古ぎぬ脱ぎすてゝとらせぬ」——と無造作に云ってのけてあるその簡単な言葉のうちに何という尊い温い心のこめられていることであろう。旧暦の十月といえば、越路はもう雪の来べき時である。冬ごもりの用意をいやが上にも厳重にして置かなければならぬ時期である。その上、和尚はその頃は既に七十歳に近い老衰期に入っていた。老の身に泌む冬の寒さの如何なるものであるかは、彼にはいやが上にも切実に感じられていたにちがいない。それにも拘らず、和尚は惜気もなく自分の着ていた着物を脱いでそのあわれな人に与えたのであった。しかも、夜更けて強い風の吹き出したにつけて、このような歌をよまずにいられなかったほどに、心は専ら、かの漂泊者の身の上によせられていたのである。その場合の彼にとりては、自身の寒さなどは顧る心もなかったのであろう。全く涙ぐまずにいられない有難い歌である。表現にいささかの誇張もなく感じたままにしみじみと抒べているところに一層の真実味が感じられる。

住むところ求めにとて嵯峨へ行く人によみてつかはしける

ことさらに深くな入りそ嵯峨の山たづねていなむ道の知れぬに

【語義】「ことさらに」は「わざと」「わざわざ」。○「な入りそ」は「入るな」。

【評言】この歌は良寛帰国後の作であるか、行脚中京都あたりにでも居た頃の作か明白でないが、おそらく後者に属するものであろう。そうすれば良寛としては数少い初期の作の一つである。歌はただ有のままの情を歌った極めて平明な作であるが、「ことさらに深くな入りそ」の二句には味うこちらの心からか、何となく心の辿《たど》りについての深い意味もこめられているような気がする。強いて、求める安心、殊更に得ようとする悟り——そう云った心の迷いに対する諷刺も感じられないでない。

子どものみまかりたる親の心にかはりて

梓弓春ともおもほえず過ぎにし子らが事をおもへば
去年《こぞ》の春をりて見せつる梅の花今は手向けとなりにけるかも
人の子の遊ぶを見れば行潦《にはたづみ》ながるゝ涙とゞめかねつも
から衣《ごろも》たちてもゐても術《すべ》ぞなきあまのかるもの思ひみだれて

【語義】「梓弓」は「春」の枕詞。○「おもほえず」は「おぼえず」、「気がしない」。○「過ぎにし」は「ゆきにし」「うせにし」。○「手向け」は神仏の前に供物をすること。○「行潦」は俄雨などで地面に水が溜って池のようになるをいい、「流れ」の枕詞。○「かねつも」の「も」は感嘆詞。○「あまのかるも」は「海士の刈藻」で「乱れて」の枕詞。○「から衣」は「たちて」の枕詞。○「術ぞなき」は「何ともしようがない」。

【評言】四首とも哀傷歌である。ここと云って取り立てていうほどのすぐれた点はないが屈托なしに歌ってしかも真情のよく現われているなつかしい歌である。

老人のなげかすをききて

日ぐらしの鳴く夕方はわかれにし子のことのみぞおもひいでぬる

老い人は心よわきものぞみこゝろをなぐさめたまへ朝な夕なに

【評言】これも哀傷歌であって、やはり愛児を失った老父へ贈ったものである。「日ぐらしの鳴く夕方は」の二句は哀傷歌としてはいかにもふさわしいしみじみした表現である。第二の歌の「老い人は心よわきものぞ」の二句は温情が溢れている。第二句の字あまりの調子もよく落着いている。第三句から下句へつづいて行っている調子にもしみじみとした心もちがこめられている。

雪のふるを見て主人にかはりて

しらゆきは千重に降りしけわがかどにすぎにし子らが来るといはなくに

【語義】「千重に」は「幾重も幾重も深く」というほどの意。○「降りしけ」は「降り敷けど」の略。○「すぎにし」は「逝きにし」。○「いはなくに」の「なくに」は「ぬに」の意のそれでなくして、「まくに」と同義のそれである。こうした言い方は「万葉集」などには沢山ある。例えば

草枕旅のやどりに誰が嬬か国忘れたる家待なくに　（巻三）
をつくばのしげき木の間ゆ立鳥のめゆかなをみむさねざらなくに　（巻十四）
おもはずもまことありえむやさぬる夜の夢にも妹が見えざらなくに　（巻十五）
庭にふる雪は千重しくしかのみにおもひて君をあが待たなくに　（巻十七）

の如きであっていずれも「なくに」は「まくに」と解すべきである。

【大意】　白雪はどんなに深く一面に降り積ったとて家の門口に死んだ子どもたちが来るといおうものを。

【評言】　この歌は前に引用した「万葉集」の「庭にふる雪は千重しく……」から多少の暗示を得ていることは明らかであるが、しかもそれは全く独立して胸にしみ入るような真情を歌っているのは驚嘆に値する。雪のふるのを見て一人ならずも愛児を失ったその家の主人の心を察して詠んだ歌として見ると、一層深く作者その人の感情の温かさとこ

まやかさとに動かされる。死んだと知りつつも折にふれ時によりて門口に今にもわが子は帰って来はせぬかと果敢《はか》ない待たれ心になるのは、愛児を失った人の誰しも切に経験するところである。そうした親心のせつなさを世捨人の良寛がかくも適切に察しかつ抒べ得て居るとは、全く驚くべきことである。表現の技巧から云ってもこの歌はいかにもよく万葉の精神に到入して、しかもそれに囚えられず自己のものとして活かしている。亡き愛児の来はせぬかと待つ親心と、白雪のふりしきる景色とがよく調和して、そこに一種神秘の感をさえ漂わせているのもゆかしい。

この里のゆきゝの人はさはにあれど君しなければさびしかりけり

【語義】「さは」は「多く」。○「君し」の「し」は君ぞと特に指して云う天爾波《てには》。

【大意】これは「ともがきのみまかりしころ」と詞書のある一首である。この里の路上には往来する人が沢山あるがあの人が居ないのでさびしい。

【評言】誰にでも詠めそうな歌であるが、ここまで生一本に歌える人は少ない。こんなことを云って歌になるだろうかなどというような見えや屈托があっては、とてもこうした純情の歌は出来ない。しかも「この里の」という第一句、「君しなければ」という第四句などには、やはりちゃんと締まりがついている。

此のくれのうらがなしさに草枕旅のいほりにはてし君はも

【語義】「此のくれの」は「この夕ぐれの」の意であろう。○「草枕」は「旅」の枕詞。

【大意】さらでだにこの夕暮の心悲しいのに親しくみとりするうからも居ない旅のやどりで死んだと聞くのは、まあ何たる悲しいことだろう。

【評言】「幼き頃よりねもごろに語らひし人ありけり、田舎を住みわびて吾妻の方へいにけり、此方よりもかなたよりもひさしくおとづれもせでありしに、この頃みまかりぬときゝて」という詞書のある二首中の一首である。平凡な表現であるが真情がこもっている。これが世を捨て居た良寛の歌だとおもうと一層なつかしみが湧くのである。

手ををりて昔の友をかぞふればなきはおほくぞなりにけるかな

【語義】「手をりて」は「指を折りて」の意。○「昔の友」の「昔」は年久しき以前。

【評言】平明この上もない歌であるが、「なきはおほくぞなりにけるかな」は余情のつきない表現である。


松の尾の松の間《あひだ》をおもふどちありきしことは今もわすれず

【語義】「松の尾」は越後西蒲原郡にある村の名。○「松の間」は「松の木の間」。○「おもふどち」は「仲のよい友達」。

【評言】この歌を良寛が十五、六歳の少年の頃地蔵堂町の狭川塾にいた頃の追憶であるように云っている人もあるが、地蔵堂と松野尾村との間はかなりの道程である上に、松野尾は特別に遊びに行くような場所でもないから、その推定は俄に同意し難い。しかし、とにかく、ずっと以前の事をおもい出してなつかしんだ歌であることだけはたしかである。あるいは晩年西蒲原郡を去ってから後老衰の為めにあまり遠出をすることが出来なくなってからの作であるかも知れない。いずれにしてもさらさらと何のこだわりもなく歌い放っていいてしかも綿々尽きない情味のこめられている歌い方に心惹かれる作である。

わがやどは国上《くがみ》やまもとこひしくばたづねて来ませたどり〳〵に

【語義】「たどり〳〵に」は「たずねさがしたずねさがして」というほどの意。

【評言】これは晩年山を下って山麓乙子神社境内の草庵に入ってから友人にでも贈った歌であろう。「たどり〳〵に」の結句が一首全体に響いている。

あしびきのわがすむ山は近けれど心とほくもおもほゆるかな

【評言】これはまだ山上の庵にいた頃の作であろう。托鉢にでも出て、どこかあまり遠くないところの村の家に泊ってでも居た時よんだのかも知れぬ。人里に出てわが住む山をおもうて見ると道のりではそう遠くもないのだが何となく遠い遠い処のような気がするという言葉のうちには、浮世離れた自分の生活に今更のように驚いて居るような気持も含まれている。と同時に、何ということなしにそうした世外の生活を営んでいる我自らをさびしむような気持も感じられぬでもない。

国上山《くがみやま》杉の下道ふみわけてわが住むいほにいざかへりてむ

【評言】　この歌にも「わびぬれどわがいほなればかへるなり心やすきをおもひでにして」(西行)というような安らかさ静けさを求めている心持が味われると同時に、云いようのない深いさびしさがこめられている。「杉の下道ふみわけて」の二句がわけて心を惹く。

いざこゝに我身は老いむあしびきの国上の山の松の下いほ

【語義】　「老いむ」は「老いよう」で即ち「老いるまで住みつづけよう」という意。

【大意】　さあここにこの国上山の松の下かげの草庵に、わしは老いようぞ。

【評言】　「いざこゝに」は「さあいよいよここで」という意気込んでいる気持よりも、「おれもいよいよここで」というようなやはりみずからをさびしむ気持の方が勝っているような気がする。「我身は老いむ」という第二句には限りないさびしさがある。しかも、その限りないさびしさをじっと独り味っているところに尊い安らかさが存するのである。この歌が全体として安らかな感じを与える所以はそこにあると思う。

山里のさびしさなくば殊更に来ませる君に何をあへまし

【語義】「あへ」は「饗《あ》へ」即ち「馳走する」。

【大意】山里のさびしさがなかったらわざわざ来てくだすったあなたに何を馳走しましょう、何もない。

【評言】わざわざこんな山里にいる自分をたずねてくれたがこの「さびしさ」以外に何も馳走するものはないという言葉のうちには、謙遜と共に一種の誇がある。さびしい山里は、そのさびしさそのものが第一の馳走だとは良寛にして初めて云い得る言葉である。この歌は阿部定珍に贈ったのである。

われもおもふ君もしかいふこの庭に立てる槻《つき》の木いとふりにけり

【語義】「槻」は欅《けやき》の一種、「つきけやき」ともいう。〇「しかいふ」は「そういう」。

【評言】これは阿部定珍が「この庭に立てるつきの木人ならばとはましものをいく世へぬると」と歌ったのに唱和したものである。何でもない歌であるが、「われもおもふ君もしかいふ」などは自由なものである。それでいて少しも厭味がない。無理に弄した技巧でないからである。

なほざりにそとにでて見れば日はくれぬ又たちかへる君がやかたに

【語義】「なほざりに」は「深く心を付けずに」即ち「何の気なしに」。〇「やかた」は「館」で「家」というに同じ。

【評言】これも阿部定珍に与えた歌である。定珍の家に来ていてまだ帰りたい気もないのだが何ということなしに外へ出て見たが日が暮れているのでまたその家に立帰った折に、それだけの事をそのままに詠んだのであろう。ありのままを自由に率直に歌っていながら、情味がみちみちている。「なほざりに」もよく気持をとらえてある。「そとにでて見れば日はくれぬ」の「でて」もピンと響く「いで」などではつまらない。上句と下句のつづき工合もいい。こうした有りのままの経験を描いてそのうちに無量の情味を蔵せしめているのは、良寛の歌の最もいい特色の一つである。この歌をよむとその場合のその人の様子が目に見えるような気がすると同時に、いろいろに動いていたその人の心の経過までが味深く感じられる。事象だけを歌うのは易い、心だけを歌うのは易い。しかし、このように事象を歌いながら、歌いつくせない心までも含ませることは至難である。こうした歌をよんでただこれが無雑作にのみ歌われたものだとなんか思ってはとんだまちがいである。随分と苦労を経なければここへは行けないと思う。

山かげの岩間をつたふ苔水のかすかに我はすみわたるかも

【語義】 上句を「かすかに」の序詞とも、また「すみ」の序詞とも見ることも出来るが、そう片附けてしまうよりも「苔水の」の「の」を「の如く」という風に解して一首全体の上に上句を生かし響かすように解した方がよいと思う。〇「苔水」は岩間から泌み出て苔を伝って滴り落ちている細い清水《しみず》。〇「すみ」は「住み」とも「澄み」ともとれる。おそらくその二様の意味を含めているのであろう。

【大意】 山かげの岩の間から泌み出て苔を伝い滴っている清水のように自分は世にあられず見るかげもない、しかし澄み切った生活を営んでいることよ。

【評言】 「山かげの岩根もり来る苔水のあるかなきかに世をわたるかな」と書いた墨跡もあるが、この方は調子も弱いし緊張の度も足りないから、おそらく直さない前の未定稿といったようなものであろう。この歌は良寛が国上山の五合庵に入ってからの晩年に近い詠出にかかるもので、良寛の歌の最も代表的な一首である。彼みずからの心にしっかりと自己の生活の姿を攫み得た最も澄み切った心境から溢れ出た歌である。微かな生活、しかし澄み切った生活――そこにこそ彼みずからの自己に対するつつましやかな、しかし深味のある満足も安心もあったのである。「山かげの岩間をつたふ苔水」に自己の生の姿と心とを見出したところに自然と人間との微妙な融会境が展開されている。斎藤茂吉氏はそれを指して「象徴であると云いたい」と云っている。いかにもこれは象徴と見るべきであろう。斎藤氏はなおこの歌におけるテニヲハの使い方に注意すべきことを説いている。兎にも角にもこの歌が良寛の歌の中で最も秀れた歌の一つであることは、多くの人の認めていいことだと思う。この歌を静かによみ味わうことは私達の迷い易い心にとりてのありがたい救いであるような気さえする。

あすよりの後のよすがはいざ知らず今日のひと日はゑひにけらしも

（弟由之に）

【語義】「よすが」は「寄処」で「たより」「よるべ」の意。〇「いざ知らず」は「まあわからない」「どうでもあれ」というほどの意。

【大意】明日からのよるべはどうでもあれ今日一日は酔っちまったというものさ。

【評言】これもおそらく晩年に近い作であろう。久々で実弟山本由之と遇ったうれしさに二人で酒を飲み合った折の歌である。由之は良寛の次弟で、十八歳で良寛が出家した後を承けて家督を相続したのであったが、この人も五十の年に家職を長男泰樹に譲り、自分は専ら風月を友として諸国を遊歴すること多年、晩年剃髪して庵室を越後与板に結び天明五年正月十三日七十三歳で歿した。国学に長じ、和歌書画をも能くした。この歌は良寛の他の一面をいかにも気持よく現わしている。「山かげの岩間をつたふ苔水」のように幽寂清澄な境地に高く住んでいた良寛が、時にこうしたうかれ心になったことを思うと、一層その人がなつかしくなる。良寛は酒はあまり大量ではなかったが、好きなことは大に好きであったという。この他にも酒の歌が少からずある。更に二、三を挙げて見よう。

さす竹の君がすゝむるうま酒にわれゑひにけりそのうま酒に
さす竹の君がすゝむるうまざけをさらにやのまむそのたち酒を

これは定珍と唱和した折のである。「たち酒」は前にも説明した如く客の帰り際に出して飲ます酒である。

よしあしのなにはの事はさもあらばあれともにつくさむ一つきの酒
うま酒にさかなもてこよいつも〱草のいほりに宿はかさまし

これも定珍との唱和で、定珍が酒と肴を携えて良寛の庵をたずねた折に詠んだものである。「よしあしのなにはの事」の「なにはの事」は「難波の事」ではなく「何はの事」即ち「何のかのという事」というほどの意であろう。「一つき」は「一坏」で一杯というに同じ。「善いとか悪いとか何とかかんとかいう様なむつかしい事はどうでもいい、まあ一緒に一杯やろうよ」というようなのが一首の意味であろう。後の歌は定珍が「うま酒にさかなしあらばあすもまた君がいほりにたづねてぞ来む」と歌ったのに和したのである。いずれもいい気持の歌である。しかもその間少しも気取りのないのはうれしい。こうした歌はとかくわざとらしく磊落ぶりがちなものであるが、良寛はどこまでも無邪気に歌っている。厭味がない。

夜あくれば森の下いほからすなく今日も浮世の人の数かも

【大意】　夜が明けると今朝もこの森蔭の庵に烏の鳴き声がきこえる、ああ今日もわしは生きているのかなあ、きょうも昨日と同じく、わしは浮世の人の数に入っているのだな。

【評言】　自己の生に対する驚き——そう云ったものが力強く表現されている。上句を自然に、すなおにやわらかく、しかもしみじみとした調子で運んで来て、下句に至って突如として内心の閃きを強く鋭く歌っている。この歌を「観念的に自己を見ている」というように云っていた人があったが、私はやはり鋭い実感の歌だと思っている。山中独居の朝のめざめに閃めいた実感がこもってはいないだろうか。「今日も浮世の人の数かも」の表現を私は決して観念的だとは思えない。「浮世」という言葉もそれを私たちが使うのとは使う人の気持がちがっている。

　のみしらみ音《ね》に鳴く秋の虫ならばわがふところは武蔵野の原

【大意】　蚤や虱が松虫や鈴虫のように音を立てて鳴く虫であったら、わしのふところは武蔵野の原の様だろう。

【評言】　これは云うまでもなく戯れに詠んだもので、俳諧歌とも云うべきものである。良寛がいかなる小さな虫けらにまでも博大な愛を寄せていたということについてのさまざまな逸話が今日なお語り伝えられている。この歌は戯れながらにそうした心もちも含まれていることが感じられる。私はこの歌をおもい出す度にかの俳諧寺一茶の「わが味の柘榴に匐はすしらみかな」という一句を聯想する。一茶のは「柘榴《ざくろ》の実が人間の肉の味がするというから自分の体についている虱をその柘榴の木に匐わしてやった」というので、そこには一茶一流の皮肉がいかにもよく現われている。同じく戯れても、そこに人の相違の出て来るのが面白い。

かきてたべつみさいてたべわりてたべさてその後は口もはなたず
くれなゐの七のたからをもろてもておしいたゞきぬ人のたまもの

【評言】　これは新津の桂家から柘榴の実を七個贈られた返礼にとて詠んだ三首中の二首である。多少戯れの気分も交っていようが、それにしても技巧の自由さは驚くべきものがある。殊に前の歌のごときはどうして食べてよいかわからぬまで喜んでいる様子が目に見えるようにうたわれている。そして後の歌で「おしいたゞきぬ人のたまもの」とははじめて気付いたように感謝の意を形を通して現しているなどはうまいものである。良寛は実際柘榴の実がたまらなく好きであったらしい。私の蔵している彼の弟由之の歌稿の中にも国上山の庵に良寛を訪ねた折良寛の大好物だからとてわざわざ自分の家の初生りの柘榴を持って行ったが、折あしく和尚が不在であったので歌を添えてそれを近くの人家に托して帰ったというような事を書いてあったりするところから考えると、良寛のこの歌もあながち誇張や戯ればかりでもなさそうである。因に由之が柘榴にそえて良寛に贈った歌の中の一首をここに録して置くことにする。

ふるさとの初穂の木の実きこしめせよしや黒みて色かはるとも

みづがめのうた

いにしへにありけむ人も持てりてふ大みうつはをわれはもちたり
これのみはうつり行くともとゞめおきてかたりもつがめ後の世までも
今よりは塵をもすゑじ朝な夕なわれ見はやさむいたくなわびそ

【語義】「大みうつは」の「大御」は敬称で「この貴き器」というほどの意。○「かたりもつがめ」は「語り伝えもしよう」。○「塵をもすゑじ」は「ほこりをさえもかぶらせまい」。○「見はやさむ」は「観賞」。○「いたくなわびそ」は水甕に対して云った言葉。

【評言】これはどこかの家に昔から持ち伝えられでもしたか、それとも土中から発掘されでもしたか、いずれにしても古代人の遺物であったらしい水甕を他から貰いでもして、それを愛玩するあまり歌ったものであろう。三首が一種の連作体になっている。いかにも愛し楽しんでいたらしい心持が、よく現れている。わけて最初の一首の如きはやすやすと歌っているが如くしてしかもよくととのうている。最後の歌にはまた愛らしくてたまらないというような心持が言葉の上にも調子にもいきいきと現われている。

久方の雨もふらなむ足引の山田の苗のかくるゝまでに
久方の雲のはたてをうち見つゝ昨日も今日もくらしつるかも

【語義】「久方の」は「雨」及び「雲」にかかる枕詞。○「ふらなむ」は「降ってくれればいいなあ」。○「雲のはたて」は「空のはて」。

【大意】前の歌は「山田の稲の苗のかくれるほど雨が降ってくれればいいなあ」。後の歌は「雨のほしさにわしは昨日も今日も空の涯を熱心に見ながら暮したわい」。

【評言】一種の雨乞歌である。「山田の苗のかくるゝまでに」には力が籠っている。そしてそのうちには単に自分一個の為めばかりでなく農人たちの為をおもう温かな同情もこもっているのである。後の歌は幾日も幾日も打続いた旱天の悩ましさと、雨を待つ心の焦立たしさとが一緒になって、ある一種の一般的な情緒をさえも象徴しているが如き感じを与える。二首とも言葉と調子とがピタリと一つになっている点がわけて心を惹く。

あしびきの山田のをぢがひめもすにいゆきかへらひ水運ぶ見ゆ
我さへも心もとなし小山田の山田の苗のしをるる見れば
我が心雲の上まで通ひなばいたらせたまへ天つ神ろぎ

などの歌も前の二首と関聯させて味うべきものである。なお以上とは反対に雨をわびた歌に次の如きがある。

久方の雲ふきはらへ天つ風うきよの民の心かよはば
手もたゆく植うる山田のをとめ子がうたふ唄さへやゝあはれなり

いずれにも真実の情がこもっている。決して歌わんが為めに歌ったというところがない。身は世外に住みながら、心は常に浮世の胸へとかよっていたのである。

かしましとおもてぶせにはいひしかどこのごろ見ねば恋しかりけり

【語義】「かしましと」は「やかましいと」「うるさいと」。○「おもてぶせ」は「おもぶせ」と同じく即ち「面伏」で「はずかしそうに」の意。

【大意】うるさいと恥しそうに云ったけれどこの頃遇わないでいると恋しく思われる。

【評言】この歌は「およしさにおくる」と詞書のあるのもある。「およしさ」の何者であるかはよくわからぬが、ある人の説にそれは良寛がしげく出入していた与板町山田家の女中であると云ったのもある。兎に角親しい間柄の女性であったにちがいない。この歌にはいうまでもなく一寸とした戯れ心が交っている。またこの歌は「万葉集」巻三にある

否といへど強ふる志斐のが強ひがたり此ごろ聞かずてわれ恋ひにけり

から影響を受けている事も明らかである。

人のもとより文おこせたりけり、此の頃は事繁し、事果てなば行きてあひ見んと、其後は音もせざりけり、一と日二た日こそ事しげからめ、いつかなぬかこそ事しげからめ、此の人とはに事しげき人や

事しあれば事しありとて君は来ず事なきときはおとづれもなし

【評言】　平明この上もない歌である。しかも、よくも歌い得たるものかなというような感嘆の声を禁じ得ない歌である。幾度よんで見ても微笑の抑えがたきものがある。切なる人間愛慕の情があらわれているというよりも、ある種の人間に対する鋭い諷刺が感じられるからである。幾分ユーモラスな気持で歌っていながらも、やはりその人に対するなつかしさが掩《おお》うべくもなく現れている。その情があればこそ一首が聊かも冷やかさを感じさせない。冷やかに人間を嘲るといったようなところは良寛には露ほどもなかったらしい。この種の歌はともすると冷嘲に陥り、意地わるい諷刺に流れ易いものであるが、この歌にはそんなところは微塵もない。相手は何人であったか知れぬが、おそらくこの歌をおくられてもそう悪い気持はしなかったであろう。

なよ竹のはしたなる身はなほざりにいざくらさまし一と日一と日に

【語義】「なよ竹の」は「はした」にかけた枕詞と見るべきであろう。○「はした」には「中途半端」というような意味もあり、「余計」とか「零余」とかいうような意味もあるが、ここではその後の意味即ち「余計もの」「つまらないもの」に使われているらしい。○「なほざりに」は「世の常として」「深く心をとめずに」などの意味がある。

【大意】わしのようなつまらない者はまあそう大して気をもまずに平凡にその日その日を暮すことにしようよ。

【評言】これは決して自棄的な心持から出た歎声ではない、むしろつつましやかな静かな心の表現である。それは一首の調子でよく感じられる。一種の調子にはほそぼそとしたしめやかさと共に、静かなおちつきがある。「いざくらさまし」の句も「いざ」というような詞を使っていながら、全体の上に響いている響き方はやわらかである。放言といったような気分は寸毫もなくして、一首全体がしめやかさで潤うている。といってまた決して泣言めいているところなども少しもない。

乙宮《おとみや》の森の木下《こした》に我れ居ればにゆらぐもよ人来たるらし

【語義】「乙宮」は越後国上山の麓の国上村にある乙子《おとご》神社《じんじゃ》を指す。良寛は六十一歳の時老衰の結果薪水の労に堪えなくなった為に山上の五合庵からこの乙子神社境内の庵に移ったとの事である。〇「鐸」は大きな鈴で、他の地方ではどうだか知らぬが、越後では神社の拝殿の入口の上に大きな鈴を吊し参拝者は先ずその鈴を揺り鳴らすことになっている。この場合もそれを指したのであろう。〇「ゆらぐもよ」の「も」も「よ」も感嘆詞。

【評言】良寛が五合庵から乙子神社境内に移ったのは一つは薪水の労に堪えなくなったからでもあろうが、一つは身に老衰を感ずることが切実になるにつれて、人なつかしさの情の募ったからでもあったろう。「乙宮の森のしたやの静けさにしばしとてわが杖うつしけり」などいう歌もあるが、やはり人なつかしさの情に動かされずにはいられなかったのであろう。そう思ってこの歌を味って見ると「人来たるらし」の結句が一層強く響くのを感ずる。なおこの歌が

浅茅原小曽根を過ぎもも伝ふ鐸ゆらぐもよ置目《おきめ》来らしも　（紀）

という古歌の影響を受けていると見た斎藤茂吉氏の説にも私は賛成する。

鏡に対して

白雪をよそにのみ見てすごせしがまさにわが身につもりぬるかも

【語義】「白雪」は自然界に降る白雪と身につもる白雪即ち老のしるしの白髪とをかけて云っているのである。○「よそ」は「我が事ならず疎み遠ざけて」の意。○「まさに」は「まさしく」「たしかに」の意。

【大意】白雪を自分以外の世界や自分以外の人の身の上にばかり見て、自分には来ないものと思って過して来たが、今はまさしくこの通り自分の身にも降り積ったことよ。

【評言】「白雪」の使い方が甚だ曖昧のようであるが、しかし「老」とか「白髪」とか云わずにあっさりと「白雪」とだけですましている所が却って面白く感じられる。悲しんでいるが如くしてしかも戯れて居り、戯れているが如くしてしかも悲しんでいる心持も味いが深い。良寛にはなおこれに似た歌が数首ある。二、三を挙げて置く。

久方の雲のあなたに関すゑば月日の行くのをけだしとめんかも
いとはねばいつかさかりはすぎにけり待たぬに来るは老にぞありける
ちはやふるいづれの神を祈りなばけだしや老をはらはさむかも
昔より常世《とこよ》の国はありと聞けど道を知らねば行くよしもなし

第一の歌の大意は「大空の雲の彼方に関門を据えて月日の通過をゆるさなかったらもしや月日の過ぎてゆくのを留めることも出来ようか」。第二のは「厭わないのでいつの間にか壮齢は過ぎ去ってしまった。思えば待たないのに来るものは老齢であるわい」。第三の「ちはやふる」は神の枕詞で、一首の大意は「どの神様に祈りでもしたらもしや老を掃い去ることが出来ようか」。第四の歌の「常世の国」は「常住の国」「永遠に変化なくもとのままである国」即ち「不老不死の国」で、一首の大意は「昔から不老不死の国があるということを聞いてはいるが、そこへ行く道がわからぬので行く方法がない」。

物外に超越していた良寛にも、こうした悲しみがあった。その人間味が一層なつかしい。しかし、これらの歌、いずれも悲しみにのみ執着して歌っていないところに、世の常のそれと異った味わいのあることも、見のがしてはならぬと思う。

世の中を思ひおもひてはて〳〵はいかにやいかにならむとすらむ

【大意】人の世の有様を観じ、衆生の苦患を思うて悲しみ悩みつつしまいには一体どうなるんだろう。

【評言】西行に「行方なく月に心の澄み澄みてはてはいかにかならんとすらむ」という一首がある。良寛のこの歌にはたしかに西行のこの一首からの影響があるとおもう。西行のに比して少々力足らぬ憾《うら》みがないでもないが、単なる模倣でないだけは、たしかであると思う。良寛にはこの歌の類歌が数首ある。そのうちの二、三首を挙げて置くことにする。

わが袖は涙にくちぬさよふけてうき世の中のことをおもふに

うつし身の人のうけくをきけばうし我もさすがに岩木ならねば

長崎の森のからすの鳴かぬ日はあれども袖のぬれぬ日ぞなき

いずれもしみじみとはしているが、何となく力弱く感じられるのは、主となっている感情があまりに一般的であり且抽象的であるからであろう。同じくこうした一般的感情を歌ったものでも、切実な個的経験を通して歌われた作には、強く響くのが良寛には他に少からずある。

墨染のわが衣手のゆたならば貧しき人をおほはましものを

【語義】「墨染のわが衣手」は自分の僧衣の袖であるが、この場合は寧ろ出家の身としての自分の物質的所有を意味している。○「ゆた」は「ゆたか」。○「おほはましものを」は「わが衣手を以て蔽いかばおうものを」の意であるが、これも真意は寧ろ「恵み救おうものを」というにある。

【大意】何かにつけて豊かな身分であったら世間の貧しい人達を普く恵み救ってやろうものを、悲しいかな自分は出家無一物の身であって何とも致し方がない。

【評言】自分一個を清く正しく安くする上からは結局無一物の境涯にまさる境涯はないのであるが、さて眼を外に転じて世上幾多の貧しい人々を見、その境遇を憐れむにつけても、やはり自分の貧しさがその故にこそ悲しまれもするのであった。こうした歌も自ら豊かな境遇にいる人が詠むと、兎角厭味が多くなるものであるが、良寛のこの歌にはむしろつきせぬ涙を味わせられる。真実がこもっているからである。この歌の第四句が「浮世の民を」となっているのもあるが、私はやはり「貧しき人を」の方がいいと思っている。

あしびきの山田の案山子《かゞし》なれさへも穂ひろふ鳥を守るてふものを

【大意】 山田に立っているあの馬鹿げた恰好につくられた案山子よ、そなたさえも稲の穂をとりに来る鳥の見張番をして農作物守護の役目をつとめているのに、このわしはまあ一体何の役に立つというのだ。

【評言】 自責の歌である。時には「山かげの岩間をつたふ苔水のかすかに我はすみわたるかも」の安住境を歌い、時には「この宮のもりの木したにこどもらとあそぶ春日はくれずともよし」の優游境をうたった良寛にも、時にはこうした胸を貫くごとき自責の悩みがあったのだ。この歌においても、それが切実に胸に響いて来る所以は、それが山田に立てる案山子に対しての個的実感を通して歌われているからである。こうした感情も単に抽象的に歌ったのでは、よしその感情が自己にとりて切実であっても、歌に現れた効果はとかく稀薄になり勝ちであるのは明らかである。

越路《こしぢ》なる三島《みしま》の沼にすむ鳥もはがひかはしてぬるてふものを

【語義】「越路」は「越の国」、ここでは越後を指す。○「三島」は越後の三島郡。良寛の出生地出雲崎も遷化地島崎も共にこの三島郡に属する。○「はがひ」は「羽交」で、鳥の左右の翅を打ち交えたる所。

【大意】越後の三島郡の沼に棲んでいる鳥さえも雌雄翅を相交えて寝るというのに、自分はまあ何という孤独な境涯にあるのであろう。

【評言】これは必ずしも良寛が男女双棲の生活のみに思いを寄せて身の孤独を嘆じたのでないであろう。けれどもまた時にそうした悲哀を自らに対して感じたことがあったかららとて、決してそれは良寛の徳を傷けることなどにはならない。もしこうした歌のあるのを以て良寛に生臭いところがあったなどという人があるなら、それはもうとてもお話にならぬ浅薄な心の持主である。私達はむしろこうした歌があるところに、良寛のいいところがあるのだと思っている。こうした歌を純真にうたい得たところに、むしろ良寛の心の清さが一層高められているのではないか。なおこの歌を技巧の上から見る場合に、「越路なる三島の沼に」の二句の具体的な表現に一首の生命のかかっていることを見のがしてはならぬと思う。

述懐のうた

いそのかみふるの古みちしかすがにみくさふみわけ行く人なしに
ますらをのふみけむ世々のふるみちは荒れにけるかもゆく人なしに
いにしへの人のふみけむふる道はあれにけるかもゆく人なしに

【語義】「いそのかみ」は「古」の枕詞。○「ふるの」は「古えの」と同意。○「しかすがに」は「さすがに」「そうはいうものの」。

【評言】この三首は類歌である。仏教界において、道義において、歌道において、詩道において——凡《すべ》ての方面に古道の廃《すた》れゆくを嘆じて歌った歌である。そして三首とも純万葉調になっているのも、内容にふさわしい。良寛の心の底からは時にこうした気概も湧き上ったのである。緊張した調子が三首を貫いている。

さす竹の君がみためと久方の雨まにいでゝつみし芹ぞこれ

【語義】「さす竹の」は「君」の枕詞。○「久方の」は「雨」の枕詞。○「雨ま」は「雨の晴間」。

【評言】良寛と親交のあった大機和尚が良寛の庵を訪ねた折、良寛は自ら採って来た芹の手料理を馳走した。ところが大機和尚は箸を取ったがそれを食べるのを躊躇していた。その時良寛がこの歌を詠んだのだと云い伝えられている。ありのままを詠んだ座談平語式の歌ではあるが、「つみし芹ぞこれ」の一句の呼吸がなかなかよく行っている。この結句を「つみし芹ぞも」と書いたのもあるが、やはり「つみし芹ぞこれ」の方が遥かにいきいきしている。「芹ぞも」は誰か書写の際に誤ったか、わざと直したかであろうと思われる。なおこの歌について西郡久吾氏の『沙門良寛全伝』には次のようなことが書いてある。

「これは禅師滅後の導師たる与板町豊永山徳昌寺法眼大機和尚に贈られたる歌なり。大機和尚は禅師莫逆の友にして、時々与板より島崎に訪問したりしが、一年の春大機和尚来遊せしを以て、何をがな供せんとて、禅師は小籠を提げ外出し、三昧原に行き根芹を摘み来り、羹《あつもの》となし中食を侑《すす》めしに、大機和尚は之を知りて食はんと欲して難色あり、僅に一碗にして辞して食はず、故に禅師この歌を詠じて辞するなからしめ、且其難色ありし機微を察して、迷妄煩悩を覚破せしめ、以て大徳たらしめしなりと、導師となりし機縁亦浅薄ならずと云ふべし」

果してこれが事実であったかどうかは今日からたしかめ得ないけれども、一寸面白い口碑であるからここに引用したのである。但しこうした事実の有無によってこの歌の芸術としての価値に相異があるというのではない。

君が家とわが家とわかつ塩入りの坂を鍬もてこぼたましものを

【語義】「塩入りの坂」は晩年良寛の寄寓していた木村家のある島崎村と弟由之の庵を結んでいた与板町との中間にある峻しい峠道である。○「こぼたましものを」は「打ちこわしたいものだなあ」というほどの意。

【大意】お前さまの家とわしの家とを隔てているあの塩入坂を鍬でぶちこわしたいもんだなあ。

【評言】これはおそらくかの嶮しい塩入峠を越えて与板にいた愛弟由之が島崎にいた良寛を訪ねていざ帰ろうとでもした折に詠み与えたものであろう。

さきくてよ塩入りの坂こえて来む木々の梢に花さくころは

というのもある。この歌も同じく良寛から由之に与えたものとなっているが、あるいはこの方は由之が良寛に与えたものではなかろうか。今一応もとの筆蹟について調べなおして見ようと思ってまだ果さないでいるが、どうもそうであるような気がする。もしそうだとするとこの二首の呼吸がピタリと合うようである。そして良寛のこの一首には単にその坂の嶮しさを嘆ずる心持だけでなく、自らの老衰を悲しむ心も、相手の人をなつかしむ心も、共にいみじくこめられているのが感じられる。「鍬もてこぼたましものを」は慾が人間らしくて可愛らしいと斎藤茂吉氏は云ったが、私はまたその実感その表現の素撲さがたまらなくいいのだと思っている。

由之をいめに見て

いづこより夜のいめぢを辿り来しみ山はいまだ雪のふかきに

【語義】「いめ」は「ゆめ」。

【評言】これも無論晩年島崎に寄寓してからの作であろう。「いづこより夜のいめぢを辿り来し」というようなありふれた表現が、下句の「み山はいまだ雪のふかきに」という印象の鮮やかな表現で、すっかり生かされている。これと同時に

さす竹の君が心のかよへばやきその夜一夜いめに見えけり

という一首も詠んでいるが、この方は前の一首があればこそいくらか力を得ているに過

ぎない。ただ歌い方がどこどこまでもすなおであるのがうれしいだけである。

霜月十日の頃牧ヶ鼻より帰る道にて俄に砂土塊吹上げ、森の方より雨霰小石うつやうになん降りける。国上の山を仰ぎ見れば、いと恐ろしげなる雲いで、雷さへ鳴りにけり。をち方の里見えずなりにければ、其の日はからうじて中島てふ村に至り、大蓮寺にもと知れる僧のありければ宿りを乞ふ。さて今日のあれにて何もかもぬれたりけるを、それなるをみなどもの見て、いたはしとて着かへのもの取出し、吾が着たるをば持ち去りて手毎にほしかわかしけり。

雨あられちり〴〵ぬるゝ旅ごろも人ごとにとりてほしあへるかも

【語義】「ちり〴〵」は「散々」。○「人ごとにとりて」は「人々がいずれもそれぞれの物を手分けして持って」というほどの意。

【評言】詞書に書いてある事柄をそのまま歌ったのであるが、少しも散漫になっていない。そして一面その場合の光景が眼前に髣髴するように写し出されて居りながら、他面人々のなさけをよろこぶ心がこめられている。「人ごとにとりて」の句における字余りは全体の調子をいきいきとさせる上に大きな影響を与えている。

鳥とおもひてなうちたまひそ海棠の実をはみに来たらば

【大意】　海棠の実を食いに鳥がやって来ても鳥だとおもって侮って打ったりなんかしなさるな。

【評言】　この歌は第三句がない。甚だしい字足らずである。しかも、立派に歌になっている。第三句に困った結果、さらばとて余計な言葉は入れたくなしというような心持から、そのままにして置いたのであろう。しかも、力強く纏まっている。刹那の実感を尊重してうたわれたいい歌である。歌の形式について考える上には、大に参考となる歌である。

さよなかにほら吹くおとのきこゆるはをちかた里にほやのぼるらし

【語義】　「さよなか」は「小夜中」で、単に夜中というに同じ。○「ほら」は法螺貝である、田舎では昔は何か変事があると、法螺貝を吹き鳴らして人に知らせたものである。○「をちかた里」は遠方の村。○「ほ」は「火」で、火事の意。

【大意】　静かな山中の草庵の夜半どこからともわからず遠くから法螺貝の音がきこえた。この夜中に法螺貝のきこえるのは、大方これは遠くの村に火災でも起ったのだと見える。

【評言】　この歌は第三句の「きこゆるは」で全体が単なる主観的の表現になっている。その為でもあろうか、一首の力がやや弱められている憾がある。「さよなかにほら吹くおとのきこゆるは」と下句へつづかずに上句と下句の間に休止があって、更に下句を喚び起して来るようになっていたら、もっと印象が強くなったであろうとおもう。「さよなかに」もピタリと来ない。

　をち方ゆしきりに貝のをとすなりこよひの雨に堰くえなむか
　里べには笛や太鼓の音すなりみ山はさはに松の音しつ

などの歌と比べて見るとそれがよくわかる。惜しい歌だと思う。「ほら吹く」も聯想上避けたい句である。

あまつたふ日はかたぶきぬたまほこの家路は遠し袋はおもし

【語義】「あまつたふ」は「日」の枕詞。〇「たまほこの」は「路」の枕詞。

【大意】ああもう日が傾いて夕ぐれ近くなった、しかもわが家まではまだかなり遠い、背負っている袋は重い。

【評言】これは托鉢に出た帰り路での実感を歌ったのであろう。袋の重いのは諸処で貰った施物の為めであろう。しかも、この歌はさびしい。日暮れて道遠しの感がしみじみと感じられる。これにも個的経験を通して広い人生が髣髴としている。第三句と第四句と第五句と三ところ切れになっていながらそれが却て自然に響いている。「あまつたふ」「たまほこの」と二つまでも枕詞を入れていながら、聊かの弛緩もない。私の最も愛誦する一首である。

睦月《むつき》の初つかた渡部《わたべ》の祝司《はふり》が許にやどりてつとめて宮に詣でたりけるに雪のおもしろう林にふりかゝりたるを見てよめる。

この宮の宮のみ坂に出立てばみゆき降りけりいつかしが上に

【語義】○「みゆき」は単に雪というに同じ、「み」は美称。○「いつかし」は「厳樫」で単に樫の木というべきを崇厳化して呼んだのである。

【評言】これもありのままを写しているのであるが、しらべが雄大である為にひどく大きな崇厳味のある歌となっている。「この宮の宮のみ坂に」という風に同じ言葉を重ねたり、「み」という頭韻を踏んだりしているのも自然に発せられたのであろうが、いかにも巧みである。

箱根路をわが越え来れば伊豆の海や沖の小島に浪のよる見ゆ

という実朝《さねとも》の歌や

田子の浦ゆ打出でゝ見れば真白にぞ富士の高嶺に雪はふりける

という山部赤人《やまべのあかひと》の歌などと比較して味って見ると、一段の興味がある。何といっても歌柄の大きいのは万葉調のに多い。

くさのいほにねてもさめてもまをすこと南無阿弥陀仏南無阿弥陀仏

【評言】　歌意は説明を俟《ま》たなくても明らかであろう。良寛は禅僧であったが、晩年にはこうした浄土教的な信仰を歌った歌が多くある。一切を弥陀《みだ》仏の前に投げ出してまかせ縋るといったような他力信心の方へと向っていた彼の晩年の心境が窺われる。だがこの歌には先人に類歌がある。

草の庵にねてもさめても申すこと南無釈牟尼仏あはれびたまへ

この歌の作者は良寛の最も尊崇していた道元禅師である。道元のこの歌の方が良寛のよりは遥かに歌柄が大きい。それは兎に角として、良寛にはこの外にも道元の歌の影響を受けている歌が少からずあることは、良寛の歌を研究する上に注意すべき一事である。ここではその一例としてこの一首を挙げたわけである。

春ごとに君がたまひし雪海苔をいまより後はたれかたまはむ

【語義】「雪海苔」は越後独特の呼び方かも知れない。越後の海苔は雪の降る日に殊に多く岩に着くと云われている。荒れ狂う波間の岩に生えている海苔を越後の海女は雪の降る中を勇ましくも採るのである。その採り方も変っている。即ち彼等は手に手に鰒《あわび》の殻を持ち、それでガリガリと音を立て岩の面を掻きとるのである。「雪海苔」の名はそうしたことから来ている。

【評言】この一首は親しき人の死を悼んで詠んだのであるが、それが「雪海苔」というような特殊な景物に寄せて歌ってあるところに印象の鮮やかさが一層きわやかにされている。因に良寛はその雪海苔が大の好物であったと見えて、島崎村木村氏に贈った歌にもこんなのがある。

この海ののぞみの浦の雪海苔しかけてしぬばぬ月も日もなし
この海ののぞみの浦の海苔をえばわけてたまはれ今ならずとも
越の海おきつ波間をなづみつゝつみにし海苔しいつもわすれず

「この海」は「ここの海」即ち越の海。「のぞみの浦」は西蒲原郡積浜。「し」は特に指して云う意味の天爾波。「かけて」は「予て」または「嘗て」と同じで「かねてから」というほどの意。「しぬばぬ」は「なつかしく思わぬ」。「月も日も」は「時」というのを意味を強めて云ったのである。「今ならずとも」は「今でなくてもいいから」即ち「いつでもいいから」の意。「おきつ波間」は「沖の波間」。「なづみつゝ」は「難渋して」というほどの意である。この三首とも手紙のかわりに贈った歌であるだけにいかにも自由に無造作に歌われているが、それでいておのずから注意が行き届いて調子もよく締まりがついている。「この海ののぞみの浦の」「越の海おきつ波間を」などの表わし方もよく、「し」の使い方も立派に利いている。第一と第二の歌が「の」を以て一首全体の主調たらしめていることや、第三の歌が「つ」の音を巧みに全体の調子の上に活かしていることなどは、自然に出来上ったのではあろうが、やはり技巧の円熟を思わせずには措かない。

こゝろあらばたづねて来ませ鶯の木《こ》づたひちらす梅の花見に

【語義】「木づたひ」は木から木へ、枝から枝へとつたい廻り飛び廻る様を云った言葉。「万葉集」にその例がある。

【評言】これは云うまでもなく手紙にでもそえて人に贈った歌であろう。しかも「万葉集」に左の如き類歌がある。

袖垂れていざわがそのに鶯の木づたひちらす梅の花見に

これを見ると良寛のこの歌は純粋に良寛の創作というわけには行かないことになる。しかし、さればと云ってこれを敢て模倣よばわり剽窃よばわりをするのも烏滸《おこ》の沙汰である。これはただ良寛の持っていた「万葉集」に対する親しみを示しているに過ぎない。以下ついでを以て同じ種類に属する良寛の歌二、三を挙げることにしよう。

秋やまのもみぢは散りぬいへづとに子等が乞ひせばなにをしてまし

【語義】「いへづと」は「家苞」で、即ち家へのみやげの意。

【大意】秋の山の紅葉はもう散ってしまった、子どもたちが山からのみやげをほしがりでもしたら何をしたものだろう、はて困ったわい。

【評言】　この歌も「万葉集」の

潮干なば玉藻刈りつめ家の妹が浜苞乞はゞ何を示さむ

に対する親しみから偶然に口を洩れたものと見てよかろう。しかしこの方は前の「秋やまのもみぢは」の歌よりは余程自分のものになっている。

夏山をこえて鳴くなるほとゝぎす声のはるけきこのゆふべかも

【評言】　歌意はおのずから明らかである。この歌もやはり「万葉集」の

夏山の木末《こぬれ》の繁《しゞ》にほとゝぎす鳴きどよむなる声のはるけさ

から出ていることは疑うべくもない。しかしこれは前のよりは一層作者自身のものになっている。「声のはるけきこのゆふべかも」の下句などは忘れがたい表現である。

水鳥の鴨の羽の色の青山の木ぬれたちくき鳴くほとゝぎす

【語義】「水鳥の鴨の羽の色の」は青山の序詞と見ても、またそれの形容と見てもよい。○「木ぬれ」は「木末」である。○「たちくき」の「たち」は語勢を添える為めの添語。「くき」は「くぐり飛ぶ」。

【評言】この歌も「万葉集」の

水鳥の鴨の羽色の春山のおぼつかなくもおもほゆるかも

の影響をうけていることはたしかである。しかし、この一首は「万葉集」のその歌からは独立して立派に存在をゆるされていい歌だと思う。一首の調子にも力がこもっている。なお「水鳥の鴨の羽色の春山の」は万葉の方では「おぼつかなくも」の序詞になっているが、良寛はそれを序詞とせずに活かして使っている。そこを注意して見るべきである。

秋風の日にくさむう来るなべにともしくなりぬきりぎりすの声

【語義】「なべに」は「につれて」「に随って」「ままに」などいうほどの意。○「ともしく」は「少なく」。○「きりぎりす」は今いう「こおろぎ」に同じ。

【大意】日一日と秋風が寒くやって来るままにこおろぎの声も少なくなった(やがては消えてしまうのだろう)。

【評言】ありふれた事柄を歌ったに過ぎない。しかも、「日に〳〵さむう来るなべに」の二句などにはしみじみした心のしらべが出ている。「さむう」と云って「来る」とうけたあたりは決して無頓着では出来ない。「吹く」といわずに「来る」と云っているところに、時間の感じの現れているなどは、容易に及びがたいところである。


しきたへの枕さらずてきりぎりすよもすがら鳴く枕さらずて

【語義】「しきたへの」は「敷栲の」または「敷妙の」で、衣、袖、床、枕、などの枕詞。○「さらずて」は「去らないで」または「去らずに」。

【評言】秋も末になると戸外の寒さに堪えなくなる為かこおろぎの声が家の内部できこえるようになる。外には全く声が絶えた後も、家の内の壁の中や床下などに鳴き弱った一疋か二疋のこおろぎの声が幾夜もきこえることがある。そしてそれに秋のあわれが吸い込まれているかのような感じをさえも与えられることがある。この歌もそうした暮れ行く秋の夜のこおろぎのあわれさに心を惹かれての吟詠である。「枕さらずて」を繰り返しているところに、その小さな動物に対する親愛が一層深められている。山中独居の作者の境涯を思い合せて味うと一段と深く胸に沁み入るのを覚える。

かみなつきのころ庵にて

山里の草の庵にきて見れば垣根にのこるつはぶきの花

【語義】「つはぶき」。茎も葉もほぼ蕗に似ているが、茎の色は灰紫で葉は厚く深緑でひどく光沢がある、晩秋朶の多くある一、二尺ほどの茎を出して単弁の黄金色の花を開く、花の形は野菊に似て稍《やや》大きい。

【評言】晩秋初冬何一つ目を楽しますもののない荒涼たる庭の隅などにひとりこのつわぶきだけがその深緑色の葉を光らせ、黄金色の花を群がり咲かせているのを見ると、美しいと感じながらも何となくあたりの淋しさが一層深められるような感じのするものである。この歌は暫く庵をあけて托鉢にでも出あるいていたらしい良寛が、暫くぶりでさびしい自分の庵に帰って来て見ると、一面荒涼たる冬枯の庭の垣根に、かのつわぶきの花だけが天地のさびしさを取りあつめたようにして咲き残っている。そうした光景をありのままに歌って、おのずからそのうちにその折の自分の情緒のはたらきをこめたのが、この一首である。感じの鮮やかな歌ではあるが、第一句の「山里の」が稀薄なように感じられる。「山里の草の庵に」などいわずに、もっと印象のきわやかな現し方がなかったものであろうか。あまりに無造作が過ぎて往々こうした結果を見ているような歌が良寛の歌には少くない。無造作の貴さと共に無造作の弱さをも良寛の歌は時々示している。

老いの身のあはれをたれに語らまし杖を忘れてかへる夕ぐれ

【語義】「語らまし」は「語ろう」。「誰に語ろう、語る人もない」の意。
【評言】この歌も極めて無造作に淡々として歌ってある。「杖を忘れてかへる夕ぐれ」には忘れて来た杖を取りに帰るものうさをも無論含んでいる。一首を全体として見ると、この短い言葉のうちに自己の老衰を悲しむやるせない思いがこめられているのを感ずるが、しかし作者はただ淡々としてその折の自己の経験を歌っているのみである。それでいてずっと前に挙げた端的に老いを悲しんだ純粋の叙情歌などよりは、この歌の方がずっと響き方が切実である。それは「杖を忘れてかへる夕ぐれ」という切実な個的経験を通して歌っているからである。

やまかげのこみちを来れば萩すゝき今さかりなり君に見せばや

【評言】　語義も大意も説明を要しない。これは親しき友定珍に贈った歌である。山かげのこみちを歩いていて、ふと友に対して感じたことをそのまま詠んで送ったにすぎない。しかも、何というあたたかな真情の表現されていることであろう。こうしたことは誰しもよく感ずることである。しかし、それを直に捉えかつ歌うということはなかなかむつかしい。良寛は不思議にこうした実感――とり逃がし易い真情の刹那のはたらきを捉えることが出来た。それは良寛の心が純であったからである。私達はとかくそうした純情の閃きを取り逃しがちである。その為め他人に対してもそれを現す機会に乏しい。そしてとかくああのこうのと思わく勝ちになり易いのである、こだわり勝ちになり易いのであるが……。

露しもの秋のもみぢとほとゝぎすいつの世にかはわが忘れまし

【語義】「露しもの」は「秋」の枕詞。

【大意】秋の紅葉と夏のほとゝぎすを自分はいつになったら忘れようや、永遠に忘れはすまい。

【評言】これは終焉に近い頃病床にあって詠んだ歌だという。日一日と死の国に近づきつつあった彼にとりて、顧みてこの世になつかしいものは秋の紅葉と夏のほとゝぎすであった。彼にとりてはこの秋の紅葉と夏のほととぎすの二つのものによって一切の自然美が代表されているようにさえ思われたのであろう。色即是空を悟了した彼にとりても蓋しこの愛惜だけは如何ともすることが出来なかったのであろう。

なきあとのかたみともがな春は花夏ほとゝぎす秋はもみぢば

形見とてなにかのこさむ春は花夏ほとゝぎす秋はもみぢば

【語義】「なきあとの」は自分がこの世を去ったあとの意。〇「ともがな」は「ともしたいものだ」。〇「なにかのこさむ」はここでは「何をか残そう、残すものはこの外にはない」というような意味。

【評言】この二首は「弟子へのかたみのうた」とある。おそらく甲に示した場合と、乙に示した場合との相異から、この二首の類歌が写し伝えられたのであろう。この歌は、しかし、良寛が最も敬慕していた道元禅師の

本来面目

春は花夏ほとゝぎす秋は月冬雪さえて冷しかりけり

という歌から暗示を得ていることは疑うべくもない。これによって考えると良寛のこの歌の中に詠まれた「花」といい「もみぢば」といい「ほとゝぎす」といい、いずれもその物として左程実感の伴った風物ではなくして、むしろそれらは大自然本来の面目の象徴として用いられているらしい。またそう考えてはじめてこの歌——彼としては最も大

切な場合の表現たるこの歌が意義と価値とを得て来るのではなかろうか。しかし、そうした考察から離れて、単にこの歌だけについて見ると、どうもしっくりと心に入らない嫌がないでもない。

いかにして君ゐますらむこのごろのゆきげの風の日日《ひゞ》にさむきに

【語義】「ゆきげ」は「雪解」で「ゆきげの風」は雪解の頃吹く寒い風。

【評言】これもありのままの感情を歌ったのである。晩年与板に住む愛弟由之に贈った歌。その頃は由之も既に老年の域に達していた。日に日に雪解の風の寒く吹くにつけても「いかにして君ゐますらむ」とわが身の老衰を感ずると共に老弟の心をも察した心のあたたかさにはほろりとさせられる。聊かの修飾も誇張もないのが却って真情の表現を力強くあらしめている。

あしびきのみ山をいでゝうつせみの人のうらやにすむとこそすれ

しかれとてすべのなければいまさらになれぬよすがに日をおくりつゝ

【語義】「うつせみの」は「人」の枕詞。○「うらや」は裏屋即ち他人の邸後に建てられた家。○「しかれとて」は「しかあればとて」で「そうだからといって」「さればとて」の意。○「すべのなければ」は「術のなければ」即ち「しょうがないから」。○「いまさらに」は「今になって」または「今となって」の意。○「よすが」は「よるべ」「たより」。

【大意】第一の歌。「私は今住みなれた山を出て人の屋敷の裏に建てられた家に住もうとしている」。第二の歌。「そうはいうものの別にしようもないから今時になってこうした慣れない寄辺をたよってその日その日を送っている」。

【評言】この二首は良寛が七十歳の年に国上山下の乙子神社境内の草庵を出て三島郡島崎村木村元右衛門の家の粗末な裏屋に寄寓することになった折、愛弟由之へ贈った歌である。こうした腹蔵のない述懐を洩らし得たのも相手が愛する弟なればこそである。この二首は無論連作である。さらりとした歌い方の中に限りない悲しみがこめられている。

ことにいでゝいへばやすけしくだりはらまことその身はいやたへがたし

【語義】「ことにいでゝ」は「言葉に出して」または「口に出して」。○「くだりはら」は下痢。○「いやたへがたし」の「いや」は「いよいよ」「ますます」。

【大意】下痢がひどいと一口にいってしまえば何でもないようだが、病んでいる当人はとてももうたまらないほど苦しいのだ。

【評言】これは良寛が最後の病床にあっての吟詠である。良寛の死病は今日のならば赤痢とでも云われそうな激烈な下痢症であった。この一首は死後床の下にあった反古の中から弟由之が見出して日記中に書きとめて置いた九首中の一首である。「これらはくるしみにたへずかきもをふせたまはずと見えし」と由之の日記にしるし添えてある。いかにもこの一首だけを見てもその苦しみの如何ばかりであったかがほぼ察せられる。と同時にそうした苦しみの中にあってすら良寛がこうした歌を詠んでその苦しみを表現するだけの心のやわらぎを持っていた事に心を惹かれる。その折の病苦を訴えた歌には左の如き一首の旋頭歌もある。

ぬばたまのよるはすがらにくそまりあかしあからひくひるはかはやに走りあへなくに

なお由之が日記に留め置いた九首中には次の如きもある。

しほのりの山のあなたに君置てひとりしぬればいけりともなし

「しほのりの山」は「塩入山」で、それは前にもあったように由之の住んでいた与板と良寛の寄寓していた島崎との間にある峠である。「ひとりしぬれば」は独りで病臥していればの意。「いけりともなし」は「生きている気もしない」「現心もない」というような意。これはやはり由之をおもうての吟詠であったろうと思う。

いくむれか鷺のとまりけり宮の森ありあけの月はかくれつゝ

このような形の整わない一首もある。この歌を私は良寛遷化の家である木村家に今も保存されている、森の梢に群鷺のとまっている墨絵の画讃として書かれた良寛自身の筆跡のを見たことがある。歌もそうであるが書も力の衰えた乱れ書きであった。おそらく病臥中この掛物を眺めているうちに、書きたくなって書いたものであろう。この歌は、しかし、纏っていない割に淋しみの沁み込んだ忘れ難い歌である。

くさのうへにほたるとなりてちとせをもまたむいもが手ゆこがねの水をたまふといはゞ

おく山の春がねしぬぎふる雪のふるとはすれどつむとはなしにふる雪の

などいうのもある。前の歌の大意は「自分の愛している女人の手から一杯の黄金水をくださるというなら、私は蛍となって草葉の上にとまって千年も万年も待っていよう」というほどのものであろう。「こがねの水」はあるいは酒を意味しているのかも知れない。あるいはかの甘露水というような意味かも知れない。いずれにしてもこの歌は女人を相手としたものであることは明らかである。良寛は与板の山田家の家人から「ほたる」という綽名をつけられたこともあったという。「寒くなりぬ今は蛍も光なしこがねの水をたれかたまはん」という歌が山田家の「およしさん」という婦人へ宛てた手紙に書いたのもある。そしてその手紙には自分の名を「ほたる」としてある。そんな事を思うところの歌は何かの場合に多少の戯れ気味で詠んだものかも知れない。それが偶々彼の病床の下から出た反古の中に書いてあったからとて、必ずしもこれを病中の吟詠とのみ見ることも出来なかろう。この歌は見様によっては死期に臨んでの女人に対する現世愛着の心を歌ったものとも解することが出来るが、私はそこまで持って行くことにはなお大に躊躇を覚えずには居られぬのである。さてその次の歌であるが、この中の「春がね」は「春が峰」即ち春の山上の意。「しぬぎ」は「押しわけて」「浸しゆく」などの意味があるが、ここでは後者の意味に属するものと見るべきであろう。すると一首の大意は、「奥山の春の山上を浸し降る雪は降るとはするのだが積ろうとはしない、あああの春の山上に降る雪のさまよ」といったほどの心もちであろう。しかし、この歌はそうした自然現象のうちに自己の主観を象徴していることを感じのがしてはならない。調も五七五七七五という独特なもので、その点においてだけでも大に参考とすべき歌である。

かひなでゝおひてひたしてちふゝめてけふは枯野におくるなりけり

【語義】「かひなでゝ」は養育し愛撫しての意。○「おひて」は「負いて」。○「ひたして」は「日足して」で、成長の日数を足らしむるの意。即ちこれも「養い育てて」というほどの意。○「ちふゝめ」は「乳をふくませ」。

【評言】一首の大意はおのずから明らかである。これは末の子をなくした親友山田杜皐に宛てた手紙の終に書きそえた歌で、「ひたし親にかはりて」という詞書がある。即ち愛児を失うた親に代りてその悲しみを抒べ、以て慰めの言葉としたものである。「かひなでゝ」から「ちふゝめて」までは同じような意味の言葉を四つも重ねてあるが、少しもうるさいという気がしないばかりか、それが却って感動を深くするに与って力ある結果を示している。しかも、そういう風に太く表わして来て、下二句で「けふは枯野におくるなりけり」と細くさびしく結んでいるところに、たまらなくしんみりとした情調を出している。

世の中にまじらぬとにはあらねどもひとりあそびぞわれはまされる

【語義】「ひとりあそび」は越後の或地方の方言である。子どもが成長して親の手をかりないでも遊べるようになったりすると「ああもう独り遊びが出来るようになった」などという、また大人が友達なしに独りで何ごとかを楽しんでいるような場合にもいう。

つまり相手なくして閑居優遊するというほどの意味である。○「われはまされる」は「われにはまされる」というに同じ。

【大意】　自分は敢て世間の人々と交ることを嫌い避けているというのではないが、兎角独りで閑居優遊しているのが自分には、より以上にいいのだ。

【評言】　この歌は安田靫彦氏の所蔵にかかる自画像に賛してある歌である。細い味のある線で行灯のもとで膝の上に書物をひろげている一人の老翁が描いてある。その老翁は頭巾をかぶり、袖無を着ている。良寛も晩年庵に在る時にはこうした姿をしていたのであろう。少しも気取のないいい歌である。この歌については斎藤茂吉氏が理解の深い評をしている。「こういう内容の歌は作るのにむずかしいのであるが、また良寛は極めて無造作に作っている。そして厭味が無くて、滑に失せず、どこか充ちているところが、どうも余等に及び難い感を起させる。滑に失せないのは、万葉調だからである。詞を理会し調《しらべ》を理会しているからである。「まじらぬとにはあらねども」などの句は弛んでいない。「そして籠った情調を滲み出させている」」云々。なおこの歌に使ってある「ひとりあそび」を私は前に方言だといったが、その方言をかくまでに活かして使っているのは、ぴたりと心に合っているからである。

みさかごえしてゆく人によみてつかはす

ゆきとけにみさかをこさばこゝろしてたどりこしてよその山さかを

【語義】「ゆきとけ」は「雪解」の時にの意。○「こゝろして」は「念を入れて」「注意して」「気をつけて」などの意。○「たどり」は「さがし求めて」、即ちここでは急がずに道のいいところをさがしてというほどの意。

【評言】やさしい情のこもった歌である。すらすらと何の苦もなく、飾りもなく歌ってあるのがわけていい。「ゆきとけに」という第一句には、ほかの時ならば何でもなかろうがこの頃のような雪どけの季節にはあぶないからという格別な心添えがよく現わされている。「その山さかを」という結句での繰り返しもよく利いている。ただ「みさかごえ」と特に云っているその「みさか」がどこの坂だかまだ調べて見なかったのは残念である。これは決して単に坂道というだけでなく、ある特定の場所を指したものだからである。

このゆふべをちこち虫のおとすなり秋はちかくもなりにけらしも

【語義】「をちこち」は「あちらこちらに」。〇「なりにけらしも」は「なったと見えるわい」。

【評言】この歌は前に挙げた「わが待ちし秋はきぬらしこのゆふべ草むらごとに虫の声する」とよく似た歌であるが、よく誦み味って見ると大に異っている。「わが待ちし……」の方は秋の来たらしいという感じが主になっているが、この方は虫の声、それもあちらこちらにほつほつきこえはじめた虫の声が主になっている。「をちこち」と「草むらごと」との相異をもよく玩味して見るべきである。この二首は決して類歌ではない。二首とも全く独立した、しかも二首とも優れていい歌である。

あしびきのみやまのしげみこひつらむわれもむかしのおもほゆらくに

【語義】「しげみ」は木の繁ったところ。〇「おもほゆらくに」は「憶い出されなつかしまれるわい」というほどの意。

【評言】 この一首は籠に飼ってある小鳥を見て詠んだのだと『橘物語』の著者は云っている。おもうにこれは良寛が最晩年山を出て島崎村木村家の裏屋に寄寓した後の歌であろう。その折の自らの情を抒べた歌は前に挙げて置いた。これは籠の小鳥を見てさぞかし山の繁みを恋いこがれているのだろうと憐みをよせるにつけても、同じく今は窮窟な宿借りの身である自分が過去の山中閑居を追懐する心を歌わずにはいられなかったのであろう。調がいかにもしっとりとして感情をよく浸潤させている。

さつきの雨まなくし降ればたまほこの道もなきまでちぐさおひにけり

【語義】 「さつきの雨」は「五月雨」。○「まなくし」は「間なく」「ひまなく」。「し」は「ぞ」に似た天爾波。○「たまほこの」は「道」の枕詞。○「ちぐさ」は「千草」で、さまざまの草。

【大意】 梅雨が一寸の晴間もなく降るので道がないほどにさまざまの草が生えてしまった。

【評言】 平凡な歌である。しかし、忘れ難い歌である。第一第二の句が「さみだれのひまなくふれば」であったらと考えて見ると、この歌の第一句の字余りや、第二句の「まなくし」の「し」などの巧みさがわかるような気がする。結句の「ちぐさおひにけり」の「に」を入れて過去完了にした上に、調子の上で字あまりにしたなども、決して無意味ではない。

いにしへにかはらぬものはありそみとむかひに見ゆる佐渡の島なり

【語義】「ありそみ」は「荒磯海」。

【評言】この歌は郷里出雲崎の海岸に立ちて海上十数里のあなたに呼べばこたえんとするが如く浮んでいる佐渡の島山を望んで詠んだものである。佐渡は良寛にとりてはなつかしい母の生国であった。良寛の母秀子は良寛の二十七歳の折に死んだ。その頃良寛は遠く備中玉島で円通寺国仙和尚の下にあって修業中の身であった。しかし、彼はその後三年即ち彼が二十九歳の折に亡母追善の為め帰郷したと伝えられている。この歌はおそらくその折の吟詠にかかるものではなかろうか。

たらちねの母がみ国と(一本「かたみと」)朝夕に佐渡がしまべを(一本「島根を」)うち見つるかな

という歌もある。いずれも全体の調子が晩年の万葉の影響を受けた多くの歌とは異っているように思われる。「いにしへにかはらぬものは……」の歌は晩年の書簡中にも見えるが、詠出したのはずっと若い頃であったろうと思う。兎に角この歌の技巧にはどことなくぎごちないところがある。ただ歌柄の大様なのは、これは良寛のもちまえである。拙なさから云えば「たらちねの……」の方が遥かにひどい。しかし、いずれにおいてもわざとらしい修飾気のないところに貴さがある。

山おろしいたくな吹きそ墨染のころもかたしき旅ねせる夜は

【語義】「墨染のころも」は僧衣。○「かたしき」は片袖を敷きの意。
【大意】僧衣の片袖を敷いてわしがこうして野宿している夜は、山から吹きおろす風よ、そうひどく吹いてくれるな。

【評言】　この歌には「あかほてふところにて天神の森に宿りぬ、さよふけて嵐のいと寒う吹きたりければ」という詞書がある。「あかほ」は播州の赤穂であろう。『沙門良寛全伝』の著者西郡久吾氏の説では、この歌は良寛が二十二歳の年国仙禅師に随行して西行した時赤穂城下に旅寝して詠じたものだとある。しかし、それはおそらく何等拠りどころのある説ではなかろう。ただしかしこの歌が良寛なお若年の頃諸国行脚中の作であることだけは信じてよい。それは歌の姿から見ても調べから見てもわかる。良寛にもこんな生ぬるい歌をよんでいた時代があったのである。初二句はまだよいが、「墨染の」以下の三句の如きは、へなへなと何の緊張味もない説明に終っている。万葉の影響などは未だ露ほども認められない。

高砂の尾の上の鐘の声きけば今日のひと日はくれにけるかも

【語義】　「高砂の尾の上」とあるので前記『全伝』の著者の如きはそれを播州「高砂の山の上」と解しているが、私は必ずしもそうとは思いたくない。むしろこの「高砂の尾の上」は古来のありふれた使用例の如く単に「山の上」とだけ見て置いた方がよいではないかと私は思っている。随って詠んだ場所の詮議などはどうでもよく、単に旅中夕暮の感傷を歌ったものとだけ見て置けばよいとも思っている。

【評言】一首の意はおのずから明らかである。これもまだ良寛が万葉に親しまない若い頃の吟詠にかかるものと思うが、歌いぶりのすなおさ、単純さ、それから「今日のひと日はくれにけるかも」などの大様さには、流石に心惹かれるものがある。なお同じく前期行脚中の歌に

旅ごろも野山をこえて足たゆくけふのひと日も暮れかゝるかな

という一首もある。この歌もいい歌である。「野山をこえて足たゆく」や、「けふのひと日も暮れかゝるかな」などには、余程もう印象を適確に捉える力が出来かかっている。この方は同じく前期でもいくらか後年の詠出にかかるものであろうと思われる。

たをり来し花の色香はうすくともあはれみたまへ心ばかりは

【評言】この一首には「西行法師の墓に詣でゝ花を手向けてよめる」と詞書がある。こ

れも行脚中京都洛東双林寺にある西行の墓に詣でた折の吟詠で、年代から云えば四十三歳に帰国した以前のものである。西行と良寛との対照は興味があるが、この歌は緊張味の乏しい作である。「花の色香はうすくとも」などは甚だしくなまぬるい。その当時の良寛でもさぞかし深く私淑するところあったろうと想像される西行のような人の墓に詣でたのであるから、その感激もさぞかし深いものであったろう、けれども、これを表現する段になるとまだまだその当時の良寛はこんななまぬるいことすら出来なかったのである。

紀の国のたかぬのおくの古でらに杉のしづくを聞きあかしつゝ

【語義】「たかぬ」は高野である。

【評言】この歌も前に挙げた二、三首と同じく諸国行脚時代の作であるが、それにしては秀でた歌である。「たかぬのみ寺に宿りて」と詞書がある。「杉のしづくを聞きあかしつゝ」はよく感じを捉えた表現である。淋しみの沁み透った忘れがたい歌である。

浦波のよするなぎさを見渡せば末は雲井につゞく海原

故《ふる》さとへゆく人あらば言づてむけふ近江路をわれこえにきと

都鳥隅田川原にすみなれてをちこち人に名やとはるらむ

ふるさとをはる〳〵出でゝ武蔵野のくまなき月をひとり見るかな

草まくら夜ごとにかはる旅路にも結ぶは同じふるさとの夢

いめの世に又いめむすび草まくらねざめ淋しく物思ふかな

【評言】　この数首はいずれも良寛の行脚時代、即ち初期の作であるが、しらべにおいてまた感情のつかみ方において如何に後期の歌と異っているか、それを比べ味って見てもらう為に掲げて見たのである。良寛の歌の風格が独特のものとなったのは、実に彼の越後に帰国してからの後のことである。おそらく一個の人としての彼の円熟もそうであったろう。しかも、彼の歌の風格の完成には「万葉集」の影響が如何に大なるものであったかも、深く考えて見なければならぬ一大事である。良寛が「万葉集」に心をうちこむようになったのは、おそらく彼の五合庵在住以後、即ち彼の四十五、六歳以後のことであったと推定される。

百《もゝ》つたふいかにしてまし草枕旅のやどりにあひし子らはも

【語義】「百つたふ」は「い」の音に続けた枕詞。○「いかにしてまし」は「どうしよう」。

【評言】この一首は「この良寛法師歌集は前宝塔院の住隆全法印のきけるまゝに書きおけるものなりともに一時の高徳なり可秘蔵もの也。百木園主人栄重記」と奥書のある解良家秘蔵の歌集によると、「やまひの床にふしていとたのみすくなうなりたまひけるときひと〴〵のとむらひまうできたりければよみたまひしとなむ」という三首中の一首である。説明するまでもなくこの歌は過去において旅のところどころで出遇ったいろいろな人々を憶い出して懐かしがって詠んだのである。「子ら」とあるのは「子どもら」とは限らない。こうした呼び方は万葉などには少からずある。しかし、「人々」というよりも「子ら」と呼んだ方が遥かに親しみが深い。この歌はまことにあわれ深い歌である。

殊にそれを臨終に程ちかい頃の吟詠であると知って味うとなお更である。生涯の大部分を漂泊の旅に送った彼が、日に日に死に近づきつつあった病床中で、さまざまな所であったいろいろな人を憶い出してなつかしがっている心持は、全く哀切である。「百つたふ」「草枕」というような枕詞も、この歌では決して無駄になっていない。全体の情調がそれによって一層しみじみとした味を加えられている。

みくさかりいほりむすばむひさかたの天の川原の橋のひがしに

【語義】「みくさかり」は「草を刈り」。○「ひさかたの」は「天」の枕詞。○「天の川原」は銀河。

【評言】この歌も前の「百つたふ……」と同じ頃詠んだものと云われている。死後の生を想いやっての吟懐であろう。「みくさかりいほりむすばむ」という句は万葉に類句が幾箇所もある。あの暗い夜空に夢のごとく淡く横《よこたわ》っている銀河をまことの川と見て、あア彼の川の橋の東に庵を結んで住もうというような空想を描いているところは、仏臭いところがなくて飽くまでも良寛式である。「みくさかりいほりむすばむ」の上古ぶりの二句で一首全体に一段の崇高味の加えられていることも見のがしがたく思われる。

また来むといふてわかれし君ゆゑにけふもほと〳〵おもひくらしつ

【語義】「ほと〳〵」は「ほとんど」。

【大意】また来ましょうと云って帰ったあなたゆえに私は今日もほとんど終日あなたの事をおもいつづけました。

【評言】これはたしか阿部定珍に贈った歌の中にあった一首だと記憶している。兎に角親しい人に贈った歌であることは一誦してわかる。この歌も極めて淡々と歌われているが、それでいて却って真情があふれている。「けふもほと〳〵」などの言葉の調子には、たまらなくいいところがある。

今よりはつぎてあはんと思へどもわかれといへばをしきものなり

というのもある。これも前の歌と同じく人間愛慕の情を歌った歌であるが、それが実感の表現であって一般的感情の抽象的表現でない為めに、響き方が痛切である。「今よりはつぎてあはんと思へども」は「今後は引きつづき時々遇おうとは思うが」の意であるが、こうした表現は実感から出てこそ生命があるのである。下句で「わかれといへばをしきものなり」と率直に投げ出すが如く云ってあるのも、面白く思われる。「わかれはをしきものにぞありける」とか「わかれといへばをしきものかな」とか「いとゞわかれのをしまるゝかな」などと比べて見るとよくそのことがわかると思う。

重ねてはとあれかくあれこのたびは帰りたまはれもとの里べに

【語義】「とあれかくあれ」は「ともかくも」といったほどの心。

【評言】この歌は何かわけあって家出をした人に、その家人から忠言することを頼まれて、しかたなしに詠み贈ったものだとの事である。「重ねてはとあれかくあれ」と条件をつけているところが、いかにも良寛らしいところである。良寛はよく人間の弱点を見ぬき、かつそれに深い同情を持っていた。彼は他人に説法をしたり、または訓戒を与えたりすることを、ひどく好まなかったと云われている。それでいてよく人を感化し善導することが出来た。「重ねてこういう事のあろう場合は兎も角も、今度だけはもとの里にかえってください」というこの一首の歌によっても、良寛のそうした態度の一端が窺われると思う。「帰りたまはれ」などの素朴さも無類である。

こひしくばたづねて来ませわがやどはこしの山もとたどり〳〵に

【評言】これは越後地蔵堂町中村公久氏所蔵の自画像に讃した歌である。「こしの山もと」は「越の山麓」で国上山の麓を指したのである。良寛が六十歳の時国上山上の五合庵から山麓乙子神社境内の草庵に移り住んだことは前にも述べた。この一首はその乙子神社境内庵住時代の歌である。これはさしてすぐれた歌とは思わないが、自画像に讃した歌である点でここに挙げて置くことにした。

わがいほは国上山もとゆふごもりゆききの人のあとさへぞなき

という歌もある。これらの歌にはたしかに道元禅師の左の如き歌の影響があったと察せられる。

わが庵は越のしら山冬ごもり□□□□□□□雲かゝりけり（第四句失念）

天《あめ》が下《した》にみつる玉よりこがねより春のはじめの君が音づれ

【評言】 語義も大意も説明も要しないほどに平明な歌である。これは最愛の尼弟子貞心尼に贈ったもので、春の初めつ方、貞心尼からの消息に

おのづから冬の日数のくれゆけばまつともなきに春は来にけり

以下三首の歌を寄せたのに答えた二首中の一首である。多少の戯れ心も交っていたであろうが、貞心尼からの消息がどんなに嬉しかったかがおもいやられる。ながい冬ごもりのわびしさを経て春を迎え得たよろこびと、懐かしく思っている人から久しぶりに音信のあった嬉しさとが一しょに歌われている。上句がわざとらしい誇張として感じられないのには、歌いぶりのあどけなさが与って力ある。良寛と貞心尼との交りの如何なるものであったかについては、拙著『大愚良寛』にややくわしく述べて置いたから、ここ

には書かぬことにする。しかし、ただこの二人者の間に贈答された歌が、その純真さにおいて贈答歌としての得易からぬ模範であると思うので、ここに少しばかり挙げて置くことにする。以下は貞心尼の書き遺した『蓮の露』と題する小冊子からの抜萃である。

○初めてあひ見奉りて

君にかくあひ見ることのうれしさもまださめやらぬ夢かとぞおもふ　貞心

○御かへし

ゆめの世にかつまどろみて夢をまた語るも夢もそれがまに〳〵　禅師

○いとねもごろなる道の物語に夜も更けぬれば

白たへの衣手さむし秋の夜の月なかそらにすみわたるかも　禅師

○されどなほあかぬ心地して

向ひゐて千代も八千代も見てしがな空ゆく月のことゝはずとも　貞

○御かへし

心さへかはらざりせばはふ蔦のたえず向はむ千代も八千代も　師

○いざかへりなむとて

立ちかへり又もとひ来む玉鉾の道のしば草たどり〳〵に　貞

○御かへし

またもこよしばの庵をいとはずば薄尾花のつゆをわけ〳〵　師

○ほどへてみせうそこたまはりける中に

君や忘る道やかくるるこのごろは待てどくらせど音づれのなき　師

○御かへしたてまつるとて

事しげきむぐらのいほにとぢられて身をば心にまかせざりけり　貞

山のはの月はさやかにてらせどもまだはれやらぬ峰のうす雲　貞

○御かへし

身をすてゝ世をすくふ人もますものを草のいほりにひまもとむとは　師

○いとま申すとて

いざさらばさきくてませよ郭公しばなく頃は又も来て見む　貞

○御かへし

浮雲の身にしありせば時鳥しばなく頃はいづこに待たむ　師

秋はぎの花さく頃は来て見ませいのちまたくば共にかざゝむ　師

○されど其程をも待たずて又とひ奉りて

秋はぎの花さくころを待ちどほみ夏草わけて又も来にけり　貞

○御かへし

秋はぎの咲くをとほみと夏草の露をわけ〳〵とひし君はも　師

○或時与板の里へわたらせ玉ふとて、友どちのもとより知らせたりければ、急ぎまうでけるに、明日ははやこと方へ渡り玉ふよし、人々なごり惜みて物語聞えかはしつ、打とけて遊びけるが中に、君は色くろく衣も黒ければ今より烏とこそ申さめとて言ひければ、げによく我にはふさひたる名にこそと、打ちわらひ玉ひながら。

いづこへも立ちてをゆかむあすよりはからすてふ名を人のつくれば　師

とのたまひければ

山烏さとにいゆかば子烏もいざなひてゆけはねよわくとも　貞

○御かへし

いざなひて行かば行かめど人の見てあやしめ見らばいかにしてまし　師

○御かへし

鳶《とび》は鳶雀はすゞめ鷺はさぎからすはからすなにか怪しき　貞

○日も暮れぬればやどりにかへり、又明日こそとはめとて

いざさらばわれはかへらむ君はここにいやすくいねよ早あすにせむ　師

○あくる日は、とくとひ来玉ひければ

歌やよまむ手毬やつかむ野にやでむ君がまに／＼なしてあそばむ　貞

○御かへし

歌もよまむ手毬もつかむ野にもでむ心一つをさだめかねつも　師

その年の秋の末頃から良寛は最後の病床に就いたのであった。彼が

梓弓春になりなば草のいほをとくでゝ来ませあひたきものを

という哀切の情をこめた歌を貞心に贈ったのはその年の冬のことであった。そして師走月の末頃良寛の病気危篤と聞き、驚いて貞心が馳せつけた時にも良寛は

いつ〱と待ちにし人は来たりたり今はあひ見て何かおもはむ

というせっぱつまったいい歌を貞心に詠み与えている。兎に角この二人者の間に贈答された歌はさまざまな意味で私達には興味深いものであるが、ここでは一々それらについて解説を加えるだけの紙数の余裕なきを遺憾とする。

解　説――良寛の和歌について

鈴木健一

私自身は、若い頃、人格的な評価が作品評価を包み込んでいるという側面にこだわりがあって、必ずしも良寛の歌を高く評価していなかった。しかし年齢が上がるにつれて、この歌人の持っている、根源的な何かに訴えかけるような力強さに惹かれるようにもなってきている。

ここでは、三つの点に絞って、良寛の歌の特徴を指摘してみたい。取り上げる歌々は、本書で御風が取り上げたものを中心としつつ、それ以外の歌にも言及してみたい。

以下引用については、谷川敏朗著『校注　良寛全歌集』(春秋社、一九九六年)、鈴木健一・進藤康子・久保田啓一著『和歌文学大系第七十四巻　布留散東　はちすの露　草径集　志濃夫廼舎歌集』(明治書院、二〇〇七年)も参考にした。頁数は本書の参照頁を示す。

一　ひとりあそびの人

良寛の特徴をよく表している歌として、

世の中にまじらぬとにはあらねどもひとりあそびぞわれはまされる

（遺墨、一二八頁）

がある。御風によれば、「ひとりあそび」は「越後の或地方の方言」である。良寛は、孤独を愛する人であった。そこが清廉さに繋がるところでもある。と同時に、自己の内面を見つめる人でもあったと思う。近代的な個人という自意識を先取りして持っている人だったと言ってよいかもしれない。

『はちすの露』は、良寛の没後に貞心尼（後述）が編んだ歌集だが、そこにもこの歌が収められていて、下句が「ひとり遊びか我は楽しも」になっている。ただ、「ひとりあそびぞわれはまされる」の方が、「世の中にまじ」るよりも「ひとりあそび」がまさっているのだという価値判断がより前面に出ていて、主張が鮮明である。

山かげの岩間をつたふ苔水のかすかに我はすみわたるかも　（遺墨、八〇頁）

「山かげの岩間をつたふ苔水の」が「かすかに」を導く序詞となっている。そして、「(苔水が)澄み」「(我が)住み」が掛詞であり、「水」「澄み」が縁語となっている。それらの技巧によって、山かげにある岩の間を伝わって苔の下をかすかに水が流れるという自然描写と、山かげにある庵にひっそりと住み続けるという人間のありかたが重なり合う。

ここでも、さきほど挙げた歌と同様に、「我」への意識が強くて、自分はこうありたいという意思が強く伝わって来る。自分の内面の底にまで潜って行って、これこそ自分だというものを探り当てて来るような歌人なのだ。

なお初句は「あしひきの」である場合もある。しかし「山かげの」の方が、苔の下をかすかに水が流れるというひそやかさと連結していて、よりよいと思う。

鉢の子を我が忘るれども取る人はなし取る人はなし鉢の子あはれ　（布留散東）

「鉢の子」は、托鉢のために持ち歩く器である。関連した長歌もあり、何年も持ち歩いていたのに、よそに置き忘れたので、心が乱れたが、ここにありましたと人が届けてくれて嬉しかった、という内容である。

人からは価値がないと見なされる鉢の子であっても、自分にとっては大切なものなのだという気持ちが「あはれ」にこめられる。自分を大切にする人だからこそ認められる感覚なのだと思う。

二　精神ののびやかさ

次に、精神ののびやかさという点を取り上げてみたい。既成の和歌観にとらわれない、自由なたたずまいが認められる。

むらぎもの心楽しも春の日に鳥の群れつつ遊ぶを見れば
（林甕雄『良寛禅師歌集』、一八頁）

「むらぎもの」という「心」にかかる枕詞と、強意の助詞「も」によって、初・二句目が強いことばになる。二句切れも歯切れよい。そのため、初・二句目の理由を具体的に説明した三句目以降にも生動感がある。

斎藤茂吉がこの歌を高く評価した。曰く、「むづかしいところの毫もない、平淡極まる歌であるが、滋味豊かにして、心隈《くま》なく行きわたり、先《ま》づ以て良寛の歌の至上境だと申すことの出来る歌であらう。『むらぎもの』といふ枕詞も決して無駄ではなく、これを意味ある他の言葉で置きかへたとせば、もうその言葉は邪魔物になつたに相違ない」（「良寛和尚の歌」一九四六年）。

いざさらばはちすの上にうち乗らむよしや蛙《かはづ》と人は見るとも　（はちすの露）

「いざさらば」は、「さあそれでは」。「はちすの上」は、極楽往生した者が座る蓮華の座。「よしや」は、「たとえ」。

弟の由之が「麻手小衾《あさてこぶすま》」（麻の布で作った粗末な掛け布団。万葉語）を「極楽のはちすの花の花びら」によそえて贈ったことに対して、自身を蛙に擬えて戯画化して応えた。蓮の上に乗る蛙というイメージが、とてもユーモラスで楽しい。

草の庵《いほ》に足さしのべて小山田《をやまだ》のかはづの声を聞《き》かくし良《よ》しも　（遺墨、二二二頁）

本歌取りの歌である。下句が、

夕さらずかはづ鳴くなる三輪川の清き瀬の音《おと》を聞かくし良しも

（万葉集・巻十・作者未詳・二二二二番）

によっている。「聞かくし良しも」は、聞くのは快いものだということ。それに対して、「草の庵に足さしのべて」は実感なのであろう。御風は、下句を「山田のかはづきくがたのしさ」となっている本文を掲げ、その方が「素樸の感じがあっていい」とするが、「山田」の繰り返しがややくどいし、「聞かくし良しも」の方が品のよさが感じられてよい、と私は思う。

良寛の有名な漢詩、

生涯懶立身　　生涯　身を立つるに懶《もの》うく

騰々任天真　　騰々《とうとう》として　天真《てんしん》に任す

囊中三升米　　囊中《なうちう》　三升の米

炉辺一束薪　　炉辺　一束《いつそく》の薪

誰問迷悟跡　　誰か問はん　迷悟の跡

何知名利塵　何ぞ知らん　名利の塵
夜雨草庵裏　夜雨　草庵の裏《うち》
双脚等閑伸　双脚《さうきやく》　等閑《とうかん》に伸ばす

（生まれてからずっと、立身出世には気が向かず、ゆったりと天然自然のまま過ごしている。頭陀袋の中には米が三升、炉のそばには薪が一束あるだけだ。古人のように何が迷いなのか悟りなのかを求めたりせず、名声や利益といった世俗のこともどうでもよい。雨の降る夜には粗末な庵の中で、両足を気ままに投げ出している）

と響き合うものがある。

この里に手まりつきつつ子どもらと遊ぶ春日《はるひ》は暮れずともよし　（布留散東）

童心を保って子どもらと遊びに興じる聖人像という〈物語〉と強く結び付く歌である。和歌史的には、手毬という素材が斬新である（拙著『江戸詩歌史の構想』岩波書店、二〇〇四年）。「暮れずともよし」と断定するところ、なかなかいい。

かぜはきよし月はさやけしいざともにをどり明《あか》さむ老《おい》のなごりに
(阿部《あべ》定珍《さだよし》筆蹟、三二頁)

盆踊りを詠む歌。

初句、二句、四句で切れて、調子がよい。弾むようなリズムがある。

本歌は、

月夜《つくよ》よし川の音《おと》清しいざここに行《ゆ》くも行かぬも遊びて行かむ
(万葉集・巻四・大伴四綱・五七一番)

である。初句、二句切れ、「月」「清し」「いざ」、享楽的な気分が、共通する。

逆に言うと、「老のなごり」というところに、良寛の独自性がある。老いへの前向きな感じが、とてもよい。

茂吉の評に「衆人会して酒を汲み、法師などいふ概念から全く遠離して赤裸々になつた所が面白い」(「良寛和歌集私鈔」一九一四年)とある。

三　身近な人への温かさ

孤独を愛し、自己の内面を見つめるからこそ、身近な人へも温かくふるまえる。

月よみの光をまちてかへりませ山路は栗のいがのおほきに
（遺墨、四四頁）

親しかった阿部定珍が良寛のもとから帰る際、良寛が詠んだ。初・二句は、

月読《つくよみ》の光に来《き》ませあしひきの山き隔《へな》りて遠からなくに
（万葉集・巻四・湯原王・六七〇番）

から取られている。

夕闇は道たづたづし月待ちていませ我が背子《せこ》その間《ま》にも見む
（万葉集・巻四・大宅女・七〇九番）

も参考にしていよう。

「山路は栗のいがのおほきに」は、良寛独自の表現であり、日常的な素材を用いていて、ほほえましい。

良寛の歌の上句は、親しい人との時間が少しでも長くあってほしいという願望を詠み、下句は、このあと山道を帰る人へのいたわりを詠む。それらが倒置法によって印象付けられている。五句目は、「いがの落つれば」との本文もあり、こちらもよい。

御風は「たまらなく温い情愛のこもった歌である」と言い、茂吉は「何とも云へないやさしい心の歌である。良寛は女人に向つても斯ういふやさしい心になれた人に相違ない」(「良寛和歌集私鈔」)と評する。

そして、なんといっても、愛弟子貞心尼との贈答歌によって、彼女に寄せる心の温かさがすばらしい。貞心尼が初めて良寛を訪ねたのは文政十年(一八二七)、良寛が没する四年前のことだった。この時、貞心尼は三十歳、良寛七十歳。四十歳年の離れたこの師弟は心を通じ合わせ、じつに親しく交流した。

梓弓《あづさゆみ》春になりなば草のいほをとくでゝきませ逢ひたきものを

（はちすの露、六五頁）

「梓弓」は、「春」の枕詞。体調の悪い良寛に対して貞心尼が、

そのままになほたへしのべ今さらにしばしの夢をいとふなよ君

と詠んだのに対しての返歌。そのままの状態でずっと辛抱なさって下さい、今になって、この世はしばらくの間夢を見ているようなものだと嫌わないで下さい、師のあなたよ、という彼女の歌に対して、春になったならば、すぐに庵から出ていらして下さい、あなたにお逢いしたいことですと率直に歌う。

御風も引いているが、茂吉が「逢ひたきものを」を絶賛し、「此の歌を誦する毎に此の結句を涙を流して恭敬する」（「良寛和歌集私鈔」）と述べている。

いつ〳〵と待ちにし人は来たりけり今はあひ見て何かおもはむ

（はちすの露、六六頁）

貞心尼がやって来てくれたことで、もう思い残すことはないと詠む。御風の「上句にはたまらない嬉しさが満ちあふれている。「来たりけり」でその嬉しさが絶頂に達している。そして上句で一旦切れて更に下句でほっと安心した後に来る茫然に近い心の弛みがそのまま太息の如くうたわれている」という指摘がじつに的確である。

以上、自意識を強く持ちつつ、のびやかな精神性や身近な人への温かさを示す良寛の歌は、読む者の気持ちにやさしく寄り添う、そのようにまとめておきたい。

解説――相馬御風と良寛

復本一郎

『良寛和尚歌集』の編注者である相馬御風は、明治十六年(一八八三)七月十日、新潟県西頸城《にしくびき》郡糸魚川《いといがわ》町に生まれ、昭和二十五年(一九五〇)五月八日、同町で没している。明治三十九年(一九〇六)、早稲田大学文学科英文学科卒業。御風の作品の中で、今日に至るまで最も人々に親しまれているのは、大正十一年(一九二二)一月に発表された童謡「春よ来い」であろう。引用するまでもないが、

春よ来い
早く来い
あるきはじめたみいちゃんが

赤い鼻緒《はなお》のじょじょはいて
おんもへ出たいと待っている

である。その御風が良寛研究に熱中し、『大愚良寛』(春陽堂)を公刊したのは、大正七年(一九一八)五月のこと。御風、数え年三十六歳。その中で、御風は、良寛を、

要するに良寛は謂ふところの傑僧でもなく、謂ふところの学者智者でもなく、謂ふところの聖者でもなく、将又《はた》謂ふところの白眼子でも世外人でもなく、実に最も淳真なる人間であつた。最も博大なる愛の人であつた。彼は何よりも童男童女を愛したが、彼みづからも最後まで同じく幼な児の如き淳真な人間だつたのである。

と評している。御風は、そんな良寛が大好きだったのであろう。御風の右のごとき良寛評価が、先の童謡誕生の契機となったものと思われる。そして良寛の「隠遁の真意義」を、御風は、

彼みづからの救ひを求めることが同時に万人の救ひを求めることであり、無為が同時に活動であり、離脱が同時に救世であり、否定が同時に肯定であり、無我が同時に全我である。

と見ている。諸国を行脚していた良寛は、文化元年(一八〇四)、西蒲原郡国上《くがみ》山の中腹五合庵《ごごうあん》に定住。が、文化十三年(一八一六)には、麓に近い乙子《おとご》神社境代内の庵に移っている。そして、さらに、文政九年(一八二六)、三島郡島崎村の良寛の庇護者、能登屋木村元右衛門の邸内の裏屋に迎えられている。老が徐々に良寛を襲っての移住である。そんな様を良寛自身、

国上の山の麓の乙宮の、森の木下にいほりして、朝な夕なに岩が根の、こゝしき道につま木こり、谷にくだりて水を汲み、一日〳〵に日を送り、おくり〳〵ていたつきの、身につもれどもうつそみの、人し知らねばはひ〳〵て、朽ちやしなまし萩のねもとに。

と詠んでいる。が、御風は、そのような良寛を、

彼の肉体上の老衰が加はると共に彼の情意はいよ〳〵切に人間を愛慕しないでは措かなかつた。

と説く。そして、

良寛のこの晩年に於ける清くして、しかも最も切なる人間愛慕の表現は、彼れの唯一の弟子とも称すべきかの貞心尼との関係に於てそれの最高潮を示して居る。

と解いている。その具体相が窺われるのが、貞心尼編、天保六年(一八三五)自序の『蓮の露《つゆ》』である。御風は、

良寛と貞心との交りは良寛の生涯に見のがすべからざることであるから蓮の露中良寛貞心の贈答歌全部をこゝに掲げることゝした。

として『大愚良寛』中に引用、紹介している。その冒頭の貞心尼と良寛(師)の贈答は、左のごときものである。

師常に手毬をもて遊び玉ふときゝて

これぞ此のほとけのみちにあそびつゝつくやつきせぬみのりなるらむ　貞心尼

御かへし

つきて見よひふみよいむなやこゝのとをとをとをさめて又始まるを　師

かくて良寛と貞心尼との「清くして、しかも最も切なる人間愛慕の」交流が始まったのであろう。三首目には、貞心尼の左の歌が記されている。

はじめてあひ見奉りて

君にかくあひ見ることのうれしさもまださめやらぬ夢かとぞ思ふ　貞

『蓮の露』は、天保二年(一八三一)二月六日の良寛の終焉で閉じられているが、その少し前の部分に左のごとき貞心尼の歌と、良寛の俳句が見える。

かゝればひる夜、御片はらに在りて御ありさま見奉りぬるに、たゞ日にそへてよわり行玉ひぬれば、いかにせん、とてもかくても遠からずかくれさせ玉ふらめと思ふにいとかなしくて

生き死にの界《さかひ》はなれて住む身にもさらぬわかれのあるぞ悲しき　貞

御かへし

うらを見せおもてを見せてちるもみぢ

こは御みづからのにはあらねど、時にとりあへ玉ふいとたふとし

右の良寛が「かへし」として用いた、

うらを見せおもてを見せてちるもみぢ

の発句(俳句)であるが、貞心尼が「御みづからのにはあらねど」と注しているように、これは良寛の発句ではない。芭蕉関係の俳書《はいしよ》『一幅半《ひとのはん》』(元禄十三年・一七〇〇年刊)の中に、

芭蕉門下の谷木因《ぼくいん》の句として、「冬の部」に、

　裏ちりつ表を散《ちり》つ紅葉かな　　木因

の一句が見える。よく知られているように、良寛の父は俳人以南《いなん》。そんなこともあり、良寛も俳書に精通していたのであろう。そして、その知識の中に木因句があったものと思われる。そのことを貞心尼にも伝えたことであろう。

　裏ちりつ表を散《ちり》つ紅葉かな
　うらを見せおもてを見せてちるもみぢ

良寛は、木因句を借用して自《みずか》らの辞世句としたわけであるが、発句(俳句)の素養のあった良寛であるので、良寛のアレンジした句の方が調《しら》べにおいて優《まさ》っているように思われる。それゆえに、木因句よりも、良寛のアレンジした句の方が、良寛作として人口に膾炙していったのであろう。

御風は、この句に対して、

それはその場合の彼にとりては決して単なる比喩などではなかつた。彼の眼にはさうした如実の自然が鮮やかに眺められたにちがひない。ほのかな黄金光の遍照した静かなうらゝかな秋の空――それを彼は見た。

との見解を披瀝している。そして「拡充した絶対化した心持で、彼はおそらく眼前に展かれた其の自然の美しさを心ゆくばかり味はつたであらう」と加えている。御風は、良寛の、

かたみとて何かのこさむ春は花夏ほとゝぎす秋はもみぢば

の歌が、良寛の最後の言葉だとしている。この歌を「これはもう良寛と云ふ限られた一個の人間の言葉ではなくして、実に自然そのものゝ声であつた」と指摘している。後代、川端康成の、ノーベル賞受賞記念講演をまとめた『美しい日本の私　その序説』(講談社現代新書、昭和四十四年三月刊)は、

春は花夏ほととぎす秋は月
冬雪さえて冷しかりけり

道元禅師（一二〇〇年—五三年）の「本来ノ面目」と題するこの歌と、……ではじまる。良寛が、この道元禅師歌を知っていたかどうか。が、明らかに通底していよう。

相馬御風は、明治四十年（一九〇七）十二月、藤田テル（照子）と結婚している。御風、二十五歳の時。その後、御風の体調等の関係で、一家は、故郷糸魚川に退住した。

今まで見てきた『大愚良寛』を出版したのは、先に述べたように大正七年（一九一八）五月。御風は、三十六歳になっていた。愛妻照子は、昭和七年（一九三二）七月十日（御風の誕生日）に糸魚川で没する。享年四十四。御風は、同年十二月十八日、春陽堂より照子の遺稿を御風との共著として『人間最後の姿』と題し公にしている。その遺稿中の「人間最後の姿」の中で、照子は、先の良寛の歌、

かたみとて何かのこさむ春は花夏ほとゝぎす秋はもみぢば

に触れて、左のごとく記している。

「要するに之れが良寛の最後の言葉で而も良寛といふ限られた一個の人間の言葉で

はなくして自然そのもの丶声であつた」と『大愚良寛』の著者は書いている。情を抑えた照子の客観的記述に、かえって彼女の御風に対する敬愛の情が窺える。照子も、御風に導かれつつ、次第に良寛へと傾斜していったのであろう。

愛妻照子が亡くなった年、昭和七年(一九三二)十月二十六日、御風は、国上山の五合庵を訪れている。御風は言う、

五合庵在住の間良寛和尚が殆ど毎日のやうに上下したのは此の路だ——これだけのことを思ふだけにも、私の胸ははげしく波打つた。

と。そして、左の二首を作っている。

あしびきの国上の山の木下路を今日しもわれは辿るなりけり
あしびきの国上の山の木下路に幾たびかきくひよどりの声

かくて辿り着いた五合庵。御風は「まつたく想像してゐたとほり、そこは実に淋しい、薄暗いところであつた」と述べている。その感動を、

たづね来ていよ〳〵こゝとおもふさへわれには夢のこゝちこそすれ

の一首にまとめている。

相馬御風と言えば、忘れてならないのが、大正十年(一九二一)二月二十日生まれの長女文子《あやこ》のために、翌大正十一年(一九二二)に作詞した「春よ来い」とともに、明治四十年(一九〇七)二十五歳の時に作詞した早稲田大学の校歌「都の西北」であろう(資料「校歌「都の西北」と私(抄)」参照)。この校歌について、長女の相馬文子は、その著『相馬御風とその妻』(青蛙房、昭和六十一年六月刊)の中で、次のごときエピソードを披瀝している。

> この年(筆者注・明治四十年)十月、早稲田大学は創立二十五周年を迎え、その記念祝典に当たって学生に校歌の歌詞を募集した。しかし、これといった応募作がなく、審査員であった坪内逍遥《つぼうちしょうよう》、島村抱月《しまむらほうげつ》が御風に歌詞の作詞を命じた。御風は作成に十日の日数を費したというが、東儀鉄笛《とうぎてってき》の名曲と相俟って、「都の西北」の校歌誕生となったわけである。

ちなみに東儀鉄笛は、明治二年(一八六九)生まれであるので、御風より十四歳年長。先に述べたように、御風が藤田テル(照子)と結婚したのは、校歌作詞二ヶ月後の十二月である。新家庭を営んだのは、雑司《ぞうし》ヶ谷《がや》百十九番地。大正五年(一九一六)三月には、故郷糸魚川に戻っている。

相馬文子は、当時の相馬御風、照子の生活を、

「飛びまわっている割には、生活はたいして楽では無かったらしく、結婚後数年の間については、父が母に対して「あれから数年間のみじめな僕の貧乏生活にも君は朗らかに堪へてくれた」と述懐している位である。

と伝えている。そして「感情の起伏の激しい父に従って行くのは、並大抵ではなかったと思う」と記している。

具体的には、明治四十三年(一九一〇)二月八日誕生の長男昌徳《まさのり》が病気になり入院させるに当ってのエピソード。

父はそれまでに詩集、翻訳書など、六、七冊の著書もあったし、早稲田文学社勤務のほか早稲田の講師もしていたが、暮らし向きは決して楽だったわけではなく、不時の入院などの出来事に備えての貯えなどもなく、この時、翻訳など四冊ほど出版させてもらっていた新潮社へ、入院の費用を借りに出かけたそうである。しかし、「君、書いたものを持って来なくてはだめだよ」と、即座に断わられ、文筆業の厳しさを痛切に味わったそうである。

が、昌徳は、一年三ヶ月でこの世の生を終える。御風が第一評論集『黎明期の文学』を新潮社から出版したのは、大正元年(一九一二)九月二十二日。相馬文子は、

愛児の死より五ヶ月後、大正と改元された直後に、父の第一評論集ともいうべき『黎明期の文学』を新潮社から出したのをはじめとし、主要な評論集を数冊、翻訳は、アンドレーエフの『七死刑囚物語』のほか、トルストイのものなど八冊ほど、その他合わせて十五、六冊にものぼる著書を刊行している。

と、父相馬御風の業績を振り返っている。

この御風、昭和二十五年(一九五〇)五月七日夕刻、脳溢血で倒れ、翌五月八日、永眠する。享年六十七。御風の最後の客は、良寛研究者で、地方史研究者の宮栄二《みやえいじ》(一九一六―一九八六)だったとのこと。相馬文子は、次のように記している。

父はそのとき上機嫌で、所蔵の良寛資料をいろいろ出して来て、宮氏が帰りの予定時刻が過ぎてもなお、際限もなく資料及び良寛について語ったそうである。父が倒れたのは宮氏が辞去して間もなくである。退住以来三十年余も父は良寛に心血を注いで来た。その良寛について、書について、心ゆくまで語ったのち倒れたのは、父にとって最上の生涯の終わりとはいえないであろうか。

良寛略年譜

宝暦八(一七五八)年
12月 越後、三島《さんとう》郡出雲崎《いずもざき》の名主橘屋山本家に、父泰雄《やすお》(俳号、以南《いなん》)、母秀子の長男として生まれる。幼名、栄蔵《えいぞう》。

宝暦十二(一七六二)年　4歳
弟由之《ゆうし》生まれる。

明和五(一七六八)年　10歳
俳人・以哉坊、出雲崎に来る。『百日鶯』に以南の句が入集する。

明和七(一七七〇)年　12歳
大森子陽《おおもりしよう》の漢学塾三峰館に学ぶ。

安永四(一七七五)年　17歳
名主見習役となるが、生家を出奔。光照寺玄乗破了《げんじょうはりょう》に従い剃髪《ていはつ》、出家する。この年、暁台《きょうたい》が出雲崎に来る。暁台の『熱田三詞仙』に、以南の句が二句入る。

安永八（一七七九）**年**　21歳
光照寺に来錫した備中玉島の曹洞宗円通寺、大忍国仙《だいにんこくせん》和尚に従い得度《とくど》。僧名良寛《りょうかん》。円通寺で、仏道修行に入る。
天明三（一七八三）**年**　25歳
母秀子死去。
天明五（一七八五）**年**　27歳
亡母三回忌に一時帰郷。
寛政二（一七九〇）**年**　32歳
国仙和尚から印可の偈《げ》を授かる。翌年、和尚の示寂を機に円通寺を出たか。諸国行脚の旅に出る。
寛政四（一七九二）**年**　34歳
帰郷（39歳の説もある）したか。以降、寺泊郷本《てらどまりごうもと》の空庵など、各地に仮寓する。
寛政七（一七九五）**年**　37歳
父以南、京都の桂川に投身自殺。
寛政八（一七九六）**年**　38歳
以南の一回忌法要で上洛。郷本の空庵に仮住。
寛政九（一七九七）**年**　39歳

国上山《くがみやま》の五合庵《ごごうあん》に入るか。

寛政十(一七九八)**年**　40歳
貞心尼《ていしんに》(長岡藩士奥村某の女、幼名ます)生まれる。

享和元(一八〇一)**年**　43歳
江戸の国学者・大村光枝等が五合庵に良寛を訪ねる。丈雲により以南追善句集『天真仏』版行。

享和二(一八〇二)**年**　44歳
国上寺住職義苗が五合庵に入ったため、庵を出る。寺泊の密蔵院、牧ケ花《まきがはな》の観照寺《かんしょうじ》などに仮住。

文化元(一八〇四)**年**　46歳
この頃から五合庵に戻る。弟由之が、出雲崎住民から訴えられる。

文化四(一八〇七)**年**　49歳
この頃から『万葉集』全巻、「秋萩帖」を学び始めたか。懐素の「自叙帖」を学び始めたのもこの頃か。友人・三輪左市没。

文化五(一八〇八)**年**　50歳
法友・有願没。

文化六(一八〇九)年　51歳

江戸の漢学者・亀田《かめだ》鵬斎《ほうさい》と交友。

文化七(一八一〇)年　52歳

弟由之が、家財取上げ所払いの判決を受ける。

文化八(一八一一)年　53歳

この頃自筆詩集「草堂集貫華」成る。

文化九(一八一二)年　54歳

三峰館の学友、富取之則没。

文化十(一八一三)年　55歳

阿部《あべ》定珍《さだよし》より『万葉集』、三輪権平より『万葉集略解』を借りて、熱心に読む。

文化十二(一八一五)年　57歳

『良寛禅師詩集』成る。

文化十三(一八一六)年　58歳

乙子《おとご》草庵に移住。最後の自筆詩集「草堂集」はこの頃に成るか。

文化十四(一八一七)年　59歳

維経尼宛「君欲求蔵経」書簡はこの年の暮に書かれたか。

文政元(一八一八)年　60歳

由之より道元の「傘松道詠集」を贈られる。

文政二（一八一九）**年**　61歳

この頃自筆歌集「布留散東《ふるさと》」成る。

文政四（一八二一）**年**　63歳

貞心尼、出家する。

文政九（一八二六）**年**　68歳

和島村島崎の木村家庵室に移住。

文政十（一八二七）**年**　69歳

木村家庵室で貞心尼と初めて会う。

文政十一（一八二八）**年**　70歳

三条大震災が起こる。

天保二（一八三一）**年**

1月6日午後4時、木村家庵室で由之、貞心尼等に看取られながら示寂。享年73。8日に葬儀。

天保六（一八三五）**年**

貞心尼『はちすの露』成る。

弘化四(一八四七)**年**
解良《けら》栄重《よししげ》『良寛禅師奇話』成る。
慶応三(一八六七)**年**
蔵雲編『良寛道人遺稿』版行。
明治五(一八七二)**年**
貞心尼寂。

昭和四十(一九六五)**年**
5月15日 新潟県三島郡出雲崎町に、良寛記念館が開館される。

＊作成にあたり、「良寛略年譜」(『定本 良寛全集』第三巻、中央公論新社、編集＝内山知也・谷川敏朗・松本市壽、二〇〇七年三月)、「年譜」(大島花束編著、『良寛全集』、恒文社、一九八九年六月)、「良寛年譜」(石田吉貞、『良寛 その全貌と原像』、塙書房、一九七五年十二月)、良寛記念館のホームページでの「良寛年譜」を参照した。

本文庫の刊行にあたり、良寛記念館の御支援を得ました。記して謝意を表します。

相馬御風略年譜

明治十六（一八八三）年
7月10日　新潟県西頸城《にしくびき》郡糸魚川《いといがわ》町大字大町（現・糸魚川市大町）に、父徳治郎、母チヨの長男、一人息子として生まれる。本名、昌治。相馬家は、代々神社仏閣建築の棟梁の旧家であった。

明治二十二（一八八九）年　6歳
4月　糸魚川町立尋常小学校入学。

明治二十六（一八九三）年　10歳
4月　組合立糸魚川高等小学校入学。

明治二十七（一八九四）年　11歳
この頃より、俳句・短歌を詠み始める。「窓竹」と号した。

明治二十九（一八九六）年　13歳
4月　中頸城郡尋常中学校（現・県立高田高等学校）入学。

明治三十(一八九七)年 14歳
子規門の俳人・内藤鳴雪に添削を受ける。
明治三十二(一八九九)年 16歳
国語教師、歌人・下村千別(莢)のもとで、本格的に短歌を学ぶ。12月 母チヨ危篤の知らせで帰省。チヨ逝去。
明治三十三(一九〇〇)年 17歳
佐佐木信綱主宰「竹柏会」に入会。秋ころから「御風」と号した。蘇東坡「赤壁賦」中の「馮虚御風而不知其所止」から採った。
明治三十四(一九〇一)年 18歳
3月 中学を卒業。真下飛泉と知り合う。飛泉の紹介で与謝野鉄幹が主宰する新詩社に入会する。
明治三十五(一九〇二)年 19歳
佐佐木信綱が主催する竹柏会新年歌会に出席。「秀才文壇」に短歌が一等入選。9月 東京専門学校(現・早稲田大学)高等予科入学。同学年には會津八一、野尻抱影、楠山正雄、片上伸など。
明治三十六(一九〇三)年 20歳
詩人・前田林外、岩野泡鳴などと東京純文社を組織、機関紙「白百合」を発刊する。

明治三十七（一九〇四）年　21歳
目白僧園の釈雲照律師を知り、三年間教えを受ける。

明治三十八（一九〇五）年　22歳
10月　第一歌集『睡蓮』（純文社）刊行。

明治三十九（一九〇六）年　23歳
1月　島村抱月主宰の第二次「早稲田文学」再刊。早稲田文学社に片上天弦、岩野泡鳴、白松南山らと入る。文芸評論家として活動を始める。　7月　早稲田大学文学科英文学科卒業。

明治四十（一九〇七）年　24歳
3月　三木露風、野口雨情、人見東明らと、早稲田詩社を起こす。口語自由詩成立についての評論、詩作を行う。　10月　早稲田大学創立二十五周年にあたり、校歌を制定することになり公募をするが決まらず、審査員の坪内逍遥、島村抱月が、御風に作詞を命じる。十日間で、校歌「都の西北」を作詞する。　10月20日　記念祝典で、校歌「都の西北」が歌われる。　12月　藤田テルと結婚。

明治四十一（一九〇八）年　25歳
4月　翻訳ツルゲーネフ『その前夜』（内外出版協会）刊行。「早稲田文学」3月号に「詩界の根本的革新」、5月号に「痩犬」を発表、口語自由詩を提唱。中村星湖と入院中の国木

田独歩を見舞う。　6月『御風詩集』(新潮社)刊行。　同月　国木田独歩逝去。

明治四十二(一九〇九)年　26歳

3月　翻訳ツルゲーネフ『父と子』(新潮社)刊行。

明治四十三(一九一〇)年　27歳

長男昌徳誕生。以後、五人の子に恵まれる。

明治四十四(一九一一)年　28歳

早稲田大学講師となり、欧州近代文学思潮を講義する。

明治四十五/大正元(一九一二)年　29歳

9月　第一評論集『黎明期の文学』(新潮社)刊行。

大正二(一九一三)年　30歳

2月『新文学初歩』(新潮社)、10月　翻訳トルストイ『アンナ・カレニナ』上下(早大出版部)刊行。　9月　島村抱月が結成した芸術座に、中村吉蔵、楠山正雄、松井須磨子らと共に参加する。

大正三(一九一四)年　31歳

3月　芸術座公演「復活」の劇中歌「カチューシャの唄」を一番島村抱月、二番以下を御風が作詞、作曲は中山晋平。一世を風靡した。

大正四(一九一五)年　32歳

1月　翻訳トルストイ『性欲論』(新潮社)刊行。　3月　家族(父、妻、子供)が郷里糸魚川へ移住。　4月『御風論集』(新潮社)刊行。

大正五(一九一六)年　33歳

2月『還元録』(春陽堂)刊行。　3月　故郷糸魚川に退住する。良寛の研究に着手。　6月　歌会「木蔭会」を組織。

大正六(一九一七)年　34歳

良寛研究のため旅に出ることが多くなる。　7月　窪田空穂、前田晁来訪。

大正七(一九一八)年　35歳

2月『良寛和尚詩歌集』(春陽堂)刊行。　5月『大愚良寛』(春陽堂)刊行。　8月　父徳治郎逝去。　11月　島村抱月逝去、上京。葬儀に参列。以後、終生上京しなかった。

大正八(一九一九)年　36歳

夏、安田靫彦夫妻と良寛遺跡を巡遊する。　8月『良寛和尚遺墨集』(春陽堂)刊行。

大正九(一九二〇)年　37歳

『良寛和尚尺牘』(春陽堂)刊行。

大正十(一九二一)年　38歳

長女文子《あやこ》誕生。

大正十一年(一九二二)**年**　39歳
童謡「春よ来い」を作詞。
大正十二(一九二三)**年**　40歳
4月　童謡集『銀の鈴』(春陽堂)刊行。
大正十四(一九二五)**年**　42歳
1月『良寛和尚歌集』(紅玉堂書店)、11月『一茶と良寛と芭蕉』(春秋社)、12月『野を歩む者』(厚生閣)刊行。
大正十五／昭和元(一九二六)**年**　43歳
5月　退耕十周年記念行事が行われ、『御風歌集』(春秋社)刊行。　12月『良寛和尚万葉短歌抄』(春陽堂)刊行。
昭和三(一九二八)**年**　45歳
4月　木蔭会機関誌「木かげ歌集」を創刊。　8月　大火のため土蔵一棟を残し類焼、蔵書の大半、研究資料をことごとく焼失。　12月『良寛坊物語』(春陽堂)刊行。
昭和四(一九二九)**年**　46歳
11月『訓訳　良寛詩集』(春陽堂)刊行。
昭和五(一九三〇)**年**　47歳
5月『良寛さま』(実業之日本社)刊行。　8月　直指院境内に良寛詩碑建立。　10月　個人雑

誌「野を歩む者」創刊（逝去の前月まで続く）。

昭和六（一九三一）年　48歳
4月『良寛と蕩児　その他』（実業之日本社）刊行。

昭和七（一九三二）年　49歳
7月　妻テル逝去。享年44。12月　テル遺稿集『人間最後の姿』（春陽堂）を共著として刊行。

昭和八（一九三三）年　50歳
病床につくことが多くなる。

昭和十（一九三五）年　52歳
3月『良寛百考』（厚生閣）、6月『続良寛さま』（実業之日本社）刊行。

昭和十一（一九三六）年　53歳
2月『相馬御風随筆全集』（厚生閣）全八巻刊行（同年9月完結）。

昭和十二（一九三七）年　54歳
5月『御風歌謡集』（厚生閣）刊行。

昭和十三（一九三八）年　55歳
7月『良寛と貞心』（六芸社）刊行。鎌上竹雄にヒスイ産地として小滝川の探索を依頼する。

昭和十五（一九四〇）年　57歳
「野を歩む者」の会新潟支部により、県立図書館前庭に良寛書碑建立。

昭和十六(一九四一)年 58歳
9月『一茶と良寛』(小学館)、12月『良寛を語る』(博文館)刊行。

昭和十九(一九四四)年 61歳
3月 大腸カタルを患う。

昭和二十一(一九四六)年 63歳
5月 生方敏郎来訪。 7月 會津八一来訪。

昭和二十二(一九四七)年 64歳
体調優れず、外出をしなくなる。

昭和二十五(一九五〇)年
4月「野を歩む者」九〇号発行。5月8日 永眠。享年66。 9月「野を歩む者」追悼号が発行された。

昭和五十二(一九七七)年
6月1日 新潟県糸魚川市に、糸魚川歴史民俗資料館(相馬御風記念館)が開館される。

＊作成にあたり、「相馬御風年譜」(相馬文子、『相馬御風著作集』別巻二、名著刊行会、一九八一年六月)、「年譜」(中村完編、『明治文学全集43 島村抱月・長谷川天渓・片

上天弦・相馬御風集』、筑摩書房、一九六七年十一月)、糸魚川歴史民俗資料館(相馬御風記念館)のホームページでの「相馬御風略年譜」を参照した。

本文庫の刊行にあたり、糸魚川歴史民俗資料館(相馬御風記念館)の御支援を得ました。記して謝意を表します。

相馬御風略年譜資料

校歌「都の西北」と私(抄)

〔前略〕

×

早稲田の校歌「都の西北」は、たしかに私が二十五歳の時に作った歌である。しかし今日ではそれが自身の作った歌であるというようななつかしみを超えて、私を亢奮させる。そして不思議な力で私に母校思慕の熱情を湧き立たせる。

時に私も声をあげてあの歌をうたう。しかしそのような場合でも私にはそれが自分の作であるというような意識は起らない。おもうにあの校歌は作者たる私如き一小存在から遠く去って、いつしか早稲田学園という大存在に同化されてしまっているのであろう。随ってもう今日では作者名などは抹消されてもいいほどにあの校歌は早稲田学園のものになっていると私は思っている。

うたわれる歌は歌詞そのものよりも、それをうたう人々の意気と熱情如何によって生かされもし、また殺されもする。いかに立派な歌詞でもうたう人々に熱情なくんば断じてそれは躍動しない。この意味で早稲田の校歌を今日の如くいきいきしたものとし、権威あるものとしたのは、作歌者たる私の力であるよりも、それを高唱し高唱し高唱し高唱して止まない校友学生諸君の意気と熱情とである。また「都の西北」の歌が全国津々浦々の児童にまでもよろこびうたわれるようになったことも、それは早稲田学園の精神力が全国に浸潤した結果であるといわねばなるまい。それは現に作者である私でさえもあれを聞きあれを歌う時、自分がその作者であるなどというような意識から全然離れて、ひたすら母校への思慕と讃美とに燃えているのでもわかる。

今年〔昭和十年〕五月二十六日にも私はラジオを通じて野球リーグ戦の早立二回戦の状況を聞いていたが、戦い終って統制ある「都の西北」の合唱されたのを聞いた時、私の眼がおのずからうるむを覚えた。そして私もまた低声ながら百里のこなたからその合唱に和せずにいられなかった。あの歌を私が作った頃、私は目白台の小石川雑司ヶ谷町百十九番地の小さな家に住んでいた。そしてあの歌を作る為に私はそこから幾十度大久保余丁町の坪内〔逍遥〕先生のお宅と牛込薬王寺前の島村〔抱月〕先生のお宅と、そして戸塚の東儀鉄笛氏のお宅へ歩みを運んだことであろう。光栄と感激とに燃えながらも、私はどんなにあの歌の為に苦しんだことであったろう。あの頃のそうした憶い出も私を涙ぐまさずに措かない。

しかも今や坪内先生も、島村先生も、また東儀さんもこの世の人ではない。「都の西北」を私に作らせる為に苦心してくださった方の三人が三人とも既にこの世の人ではなく、私ただ一人が現世に残ってそれを聞いている。私はラジオで早稲田数千の健児諸君の合唱の声を聞きながらも、その事を思って更に別趣の感傷に撲たれたのであった。

それからまた私はあの歌を聞いたりうたったりすると、それを作った頃のことよりも、あの歌を学生諸君と共に自分も声高らかにうたった頃の若かった私自身がおもい出され、その頃の生活を懐かしく思うことがよくある。これはおそらく私ばかりでなく、多くの校友諸君の経験されつつあることであろう。あの歌は母校への思慕と讃美の情をそそると同時に、若かった自分への愛惜を感じさせる。

×

「都の西北」を私に作らせて貰ったまでのさまざまなイキサツは「半世紀の早稲田」にもまた「早稲田大学新聞」にもかなり詳しく記されていたからここでは述べないことにするが、まだ我国に範とすべき校歌らしい校歌の出ていなかった事とて、あれだけの形式をきめてかかるにも作曲家の東儀さんと共にかなり苦心した。荘重雄渾を旨とせよとの高田〔早苗〕学長はじめ諸先生からの仰せつけがあった為、その点で第一に調子をきめるに非常に頭を悩ませた。八七という調子はともするとうわつき易い調子である。それをさせずに言葉の選択をして行くのがずいぶん苦労であった。

しかしあの校歌をして荘重にして雄渾、爽快にして明朗たらしめたのは、何よりも東儀さんの作曲のおかげである。あの歌は全く曲によって生かされ、しかも予想以上の品位と迫力とを得たのであった。校歌「都の西北」は名歌でないかも知れないが、名曲である点では我国稀有の作品であろう。

×

校歌「都の西北」はまた私にとっては校歌の処女作であった。爾来今日に至るまでに私は百数十篇の校歌団歌を作ったが、処女作としての「都の西北」がやはり一番なつかしい。私は大学リーグ戦の野球試合の放送を聞くのを年中で最も楽しいことの一つにしている。それも早稲田の出ない時は多く聞かない。野球が好きなのか早稲田が好きなのかわからない。或いは若き血に燃ゆる早稲田の学徒が高唱する「都の西北」を聞くのが好きなのかも知れない。春の試合の相手は後もう慶応とだけである。フレーフレーワセダを連呼せざるを得ない。

×

これはかなり以前のことだが、当時総長であった高田先生が新潟県においでになった折に「相馬君、どうだ一つ校歌祭でもやることにして、その機会に久しぶりで上京しないか」というようなことをいっていただいたが、つい私はその後一度も東京の土を踏まないで、辺土にくすぶっている。そして早稲田学園にまみえざることも既に二十年になる。

しかし母校への私の思慕は常に若々しい。

(一〇・五・一七)

『独座旅心』一九三六年(昭和十一年)七月、厚生閣。初出「野を歩む者」第三四号(一九三五年七月)。冒頭の一節(校歌制定時のエピソードを紹介した、『早稲田大学新聞』の記者による記事の引用が大半)を割愛した。

初句索引

- 本文中の良寛、貞心尼の和歌の初句を示して、頁数を入れた。配列は、現代仮名遣いによる五十音順とした。
- 貞心尼の和歌は、(貞)で示した。
- 初句が同じ場合は、第二句、第三句を挙げた。
- 漢字、平仮名の表記の違いは、(　)で示した。

あ

あひつれて……二四
秋風に……四三
秋風の……一一五
秋雨の……三七
秋さらば……四九
秋の日に……四〇
秋の夜の……四三
秋のよも……四七
秋萩(はぎ)の
　咲くをとほみと……二六、一四七
　花さく頃は……二六、一四六
　花さく頃(ころ)を(貞)……二六、一四七
秋もやゝ……三四
秋やまの……一一三
秋山を……四六
足引(あしびき)の
　この山里の……一八
　ひねもすに……八九
　みやまのしげみ……一三一
　み山をいでゝ……一三三
　山田のをぢが……二九、八九

山田の案山子……九八
山田のたゐに……三
わがすむ山は……七六
梓弓
　春になりなば草のいほを
　……六五、一四八
　春を春とも……七〇
あすよりの……八二
あまつたふ……一〇八
雨あられ……一〇五
天が下に……一四四
ありそみの……六一

い

飯乞ふと
　里にもいでずこのごろは
　……三八
　里にもいでずなりにけり
　……五三

わが来しかども……一九
われ来にけらし……三五
われこのやどに……三六
いかなるが……五九
いかにして
　君ゐますらむ……一三
　まことの道に……八二
いくむれか……一二五
いざうたへ……三三
いざこゝに……七七
いざさらば
　さきくてませよ(貞)……一四六
　われはかへらむ……六四、一四八
いざなひて……一四七
いづこにか……六七
いづこへも……一四七
いづこより……一〇四
いそのかみ……一〇〇
いつ〳〵と……六六、一四九

いとはねば……九五
否といへど……九〇
いにしへに
　ありけむ人も……八七
　かはらぬものは……一三三
いにしへの……一〇〇
いにしへを……四三
今(いま)よりは
　塵をもすゑじ……八七
　つぎてあはんと……一四一
　つぎて白ゆき……五二
いめの世に……一三八

う

浮(うき)雲の……二五、一四六
うぐひすの……一九
うづみ火も……五一
歌(うた)もよまむ……六五、一四八

歌(うた)やよまむ(貞)……六五、一四八
うつし身の……九六
うま酒に……八三
浦波の……一三八

お

老いの身の……一一八
老い人は……七一
おく山の……一二六
をち方(かた)ゆ……三〇、一〇七
をつくばの……七三
乙宮の……九三
おもはずも……七三

か

かひなでゝ……一二七
かきてたべ……八六
重ねては……一四二
かしましと……九〇
かすみ立つ……二〇
かぜはきよし……三三
風まぜに……五九
形見とて……二二
から衣……七〇

き

紀の国の……一三七
君が家と……一〇三
君にかく(貞)……一四五
君や忘る……一四六

く

国上山……七七
草(くさ)のいほに
足さしのべて……三三
ねざめてきけば……五三
ねてもさめても……一一〇
草枕(まくら)
旅のやどりに……七三
夜ごとにかはる……一三八
くれなゐの……八六

こ

こひしくば……一四三
こゝろあらば……一一三
心さへ……一四五
越路なる……九九
古志に来て……五七
越の海……一一一
去年の春……七〇
ことさらに……六九
事しあれば……九一
事しげき(貞)……一四六
ことにいでゝ……一二四

この海の
　のぞみの浦の海苔をえば……一一
　のぞみの浦の雪海苔し……一一
この岡に……三八
此のくれの……七四
この頃は……二九
この里の……七三
この宮の
　みさかに見れば……三三
宮のみ坂に……一〇九
もりの木したに……二〇
このゆふべ
　いはまに滝つ……五四
をちこち虫の……一三一
ねざめてきけば……四八
これのみは……八七

さ

さきくてよ……一〇三
さす竹の
　君が心の……一〇四
　君がすゝむるうま酒に……八三
　君がすゝむるうまざけを……八三
　君がみためと……一〇一
さつきの雨……一三三
里べには……三一、一〇七
五月雨の……二七
さよなかに……一〇六

し

しほのりの……一三五
潮干なば……一四
しかれとて……一三三
しきたへの……一一六
しばの戸の……五六
白雪の……五三
しらゆきは……七一
白雪を……九四
白たへの……一四五

す

墨染の……九七

そ

袖垂れて……一一三

た

たをり来し……一三六
高砂の……一三五
立ちかへり(貞)……一四六
たにのこゑ……五五
旅ごろも……一三六
たまさかに……五五

玉鉾の……………………………四三
たらちねの…………………………一三四

ち

ちはやふる…………………………九五

つ

月よみの
…君が家路は……………………四五
…山路は栗の……………………四四
露おきぬ…………………………四九
露しもの…………………………一二〇

て

手もたゆく………………………八九
手ををりて………………………七四

と

十日あまり………………………四九
鳶は鳶(貞)………………………一四八
鳥とおもひてな…………………一〇六

な

なほざりに………………………七九
長崎の……………………………九六
なきあとの………………………一三〇
夏くさは…………………………二八
夏山を……………………………一一四
なよ竹の…………………………九二

に

庭にふる…………………………七三

ぬ

ぬばたまの………………………一三五

の

のきも庭も………………………五五
のみしらみ………………………八五

は

春ごとに…………………………一一

ひ

日ぐらしの………………………七一
久方の
雨もふらなむ……………………八八
雲のあなたに……………………九五
雲のはたてを……………………八八
雲ふきはらへ……………………八九
人の子の…………………………七〇

ふ

ふるさとの………………………八七
故さとへ…………………………一三八
ふるさとを………………………一三八

ま

ますらをの……………一〇〇
また来むと……………一四一
またもこよ……………一四六
松の尾の……………七五

み

みくさかり……………一四〇
水鳥の……………一一五
水や汲まむ……………三九
みちのべに
…わが忘るれども……………二
…忘れてぞ来し……………二
みどりなる……………四八
都鳥……………一三八
み山べに……………五五

身をすてゝ
世をすくふ人もあるものを……………一四六
世を救ふ人もますものを
……………六三

む

向ひゐて(貞)……………一四五
昔より……………九五
むらぎもの
心たのしも……………一八
心は和ぎぬ……………一七

も

百つたふ……………一三九
百とりの……………三

や

山おろし……………一三四

山(やま)かげの
岩根もり来る……………八一
岩間をつたふ……………八〇
草のいほりは……………五八
こみちを来れば……………一一九
山烏(貞)……………一四七
山里の
草の庵に……………一一七
さびしさなくば……………七八
山里は……………四六
山住みの……………四一
山のはの(貞)……………一四六

ゆ

ゆふぎりに……………三九
ゆきとけに……………一三〇
ゆめの世に……………一四五

よ

夜あくれば……八四
よしあしの……八三
世の中に……一二八
世の中を……九六
夜もすがら……五〇

わ

わがいほは……一四三
我が心……八九
わが袖は……九六
わが待ちし……三四
わがやどは……七六
わが宿を……四九
我さへも……八九
われもおもふ……七八

〔編集附記〕

一　本書は、『良寛和尚歌集』(紅玉堂書店、新釈和歌叢書5、一九二五年二月)を底本とした。

一　原則として漢字は新字体に改めた。仮名遣いについては、和歌は、歴史的仮名遣いとし、編注者・相馬御風の文章は、現代仮名遣いに改めた。

一　漢字語のうち、使用頻度の高い語を一定の枠内で平仮名に改めた。平仮名を漢字に変えることは行わなかった。

一　漢字語に、適宜、振り仮名を付した。和歌の振り仮名は、歴史的仮名遣い、編注者・相馬御風の文章中の語には、現代仮名遣いを付した。

一　本文中の明らかな誤記は改めた。

一　本文中に、今日からすると不適切な表現があるが、原文の歴史性を考慮してそのままとした。

良寛和尚歌集《りょうかんおしょうかしゅう》

2025年1月15日　第1刷発行

編注者　相馬御風《そうまぎょふう》

発行者　坂本政謙

発行所　株式会社 岩波書店
〒101-8002 東京都千代田区一ツ橋 2-5-5
案内 03-5210-4000　営業部 03-5210-4111
文庫編集部 03-5210-4051
https://www.iwanami.co.jp/

印刷・三陽社　カバー・精興社　製本・中永製本

ISBN 978-4-00-302222-1　　Printed in Japan

読書子に寄す

――岩波文庫発刊に際して――

岩波茂雄

真理は万人によって求められることを自ら欲し、芸術は万人によって愛されることを自ら望む。かつては民を愚昧ならしめるために学芸が最も狭き堂宇に閉鎖されたことがあった。今や知識と美とを特権階級の独占より奪い返すことはつねに進取的なる民衆の切実なる要求である。岩波文庫はこの要求に応じそれに励まされて生まれた。それは生命ある不朽の書を少数者の書斎と研究室とより解放して街頭にくまなく立たしめ民衆に伍せしめるであろう。近時大量生産予約出版の流行を見る。その広告宣伝の狂態はしばらくおくも、後代にのこすと誇称する全集がその編集に万全の用意をなしたるか。千古の典籍の翻訳企図に敬虔の態度を欠かざりしか。さらに分売を許さず読者を繫縛して数十冊を強うるがごとき、はたしてその揚言する学芸解放のゆえんなりや。吾人は天下の名士の声に和してこれを推挙するに躊躇するものである。このときにあたって、岩波書店は自己の責務のいよいよ重大なるを思い、従来の方針の徹底を期するため、すでに十数年以前より志して来た計画を慎重審議この際断然実行することにした。吾人は範をかのレクラム文庫にとり、古今東西にわたって文芸・哲学・社会科学・自然科学等種類のいかんを問わず、いやしくも万人の必読すべき真に古典的価値ある書をきわめて簡易なる形式において逐次刊行し、あらゆる人間に須要なる生活向上の資料、生活批判の原理を提供せんと欲する。この文庫は予約出版の方法を排したるがゆえに、読者は自己の欲する時に自己の欲する書物を各個に自由に選択することができる。携帯に便にして価格の低きを最主とするがゆえに、外観を顧みざるも内容に至っては厳選最も力を尽くし、従来の岩波出版物の特色をますます発揮せしめようとする。この計画たるや世間の一時の投機的なるものと異なり、永遠の事業として吾人は微力を傾倒し、あらゆる犠牲を忍んで今後永久に継続発展せしめ、もって文庫の使命を遺憾なく果たさしめることを期する。芸術を愛し知識を求むる士の自ら進んでこの挙に参加し、希望と忠言とを寄せられることは吾人の熱望するところである。その性質上経済的には最も困難多きこの事業にあえて当たらんとする吾人の志を諒として、その達成のため世の読書子とのうるわしき共同を期待する。

昭和二年七月